제주를 기억해

제주를 기억해

초판 1쇄 발행 | 2025년 4월 3일

글쓴이 | 조성자
그린이 | 박지연

펴낸이 | 조미현
책임편집 | 황정원
편집진행 | 박단비
디자인 | 나비
마케팅 | 임혁
제작 | 이현

펴낸곳 | (주)현암사
등록 | 1951년 12월 24일·제10-126호
주소 | 04029 서울시 마포구 동교로12안길 35
전화 | 02-365-5051 · **팩스** | 02-313-2729
전자우편 | child@hyeonamsa.com
홈페이지 | www.hyeonamsa.com
블로그 | blog.naver.com/hyeonamsa
인스타그램 | www.instagram.com/hyeonam_junior

ⓒ 조성자, 박지연 2025

ISBN 978-89-323-7650-9 73810

- 이 책은 저작권법에 따라 보호를 받는 저작물이므로 저작권자와 출판사의 허락 없이
  이 책의 내용을 복제하거나 다른 용도로 쓸 수 없습니다.
- 책값은 뒤표지에 있습니다. 잘못된 책은 바꾸어 드립니다.
- 현암주니어는 (주)현암사의 아동 브랜드입니다.

| 제품명 도서 | 전화번호 02-365-5051 | 제조년월 2025년 4월 | 제조국명 대한민국 |
| 제조자명 (주)현암사 | 사용연령 10세 이상 | 주소 서울시 마포구 동교로12길 35 |
주의사항 책 모서리에 부딪히거나 종이에 베이지 않도록 주의해 주세요.
KC 마크는 이 제품이 공통안전기준에 적합하였음을 의미합니다.

제주를 기억해

조성자 글 • 박지연 그림

현암
주니어

차례

내 이름을 찾아서　　6

고성칠이라는 이름　　17

관덕정에서 울린 총소리　　34

검은 개와 노랑 개　　59

무등이왓이 온통 불바다　　79

공포의 섬이 되다　　95

정방 폭포　　106

작가의 말 120

내 이름을 찾아서

"아빠, 제 이름은 왜 공유예요?"

뜬금없는 질문에 아빠는 놀란 눈치였다.

그동안 내 이름이 평범하지 않다는 생각이 종종 들었다. 5학년이 되자 비로소 그 이름이 생기게 된 이유에 대해서 궁금증이 생겼다.

아빠가 생각을 정리하는 짧은 시간에 그동안 있었던 여러 가지 일들이 빠르게 머리를 스쳐 지나갔다.

"너, 참 예의 바른 아이구나. 이름이 뭐니?"

옆 반 선생님에게 늘 그렇듯 허리를 굽혀 반듯하게 인사를 하자, 선생님이 물었다.

"공유입니다."

3반 선생님은 씨익 웃으며 말했다.

"어라, 영화배우 공유 씨와 같은 이름이네."

몇 번 들은 말이라 나는 재빠르게 말했다.

"성은 고씨고요. 이름이 공유입니다."

선생님은 내 머리를 쓰다듬으며 말했다.

"암튼 특별한 이름이네. 나, 공유라는 배우 엄청 좋아한단다. 너도 그 배우만큼 멋진 아이구나!"

공유라는 배우를 검색해 봤더니, 유명한 좀비 영화에도 나온 인기 배우였다.

아이들은 종종 나를 '리틀 공유'라고 부르기도 한다. 공유라는 영화배우가 인기가 많기 때문에 내 이름에서 그 배우를 떠올리는 것은 기분 좋은 일이다.

하지만 요즘 우리 반 아이들은 내 이름을 이상한 이유를 붙여 부르고 있다. 그 일은 똑똑한 내 짝으로부터 시작되었다.

"공유야, 네 지우개 공유할게."

"공유야, 네 연필 같이 공유하자."

"공유야, 네가 먹고 있는 감자칩 공유하자."

내 짝의 말을 들은 몇몇 아이의 눈빛이 반짝였다. 아이들의 눈에는 장난기가 가득한 웃음이 담겨 있었다. 그 일 이후, '공유'라는 단어는 전염병처럼 아이들에게 퍼져 나갔다.

축구 시간에 나와 다른 편이 된 내 짝이 크게 외쳤다.

"공유야, 네가 가진 공 패스해! 나랑 축구공 공유하자."

아이들이 한꺼번에 외쳤다.

"공유해! 공유야, 공유해!"

아이들에게 내 이름은 그런 식으로 불리게 되었다.

이제는 내 이름에 얽힌 사연을 제대로 알고 싶었다. 더구나 아빠의 이름은 '기억'이고, 동생의 이름은 '평화'다. 우리가 조금 특별한 이름을 가진 가족인 건 분명하다. 엄마의 이름인 '소미'가 그중 가장 평범하다고 할 수 있다.

아빠도 '기억'이라는 이름 때문에 놀림을 당하지 않았을까? 불쑥 한글의 첫 자음인 '기역'이 떠올랐다. 기역이라고 놀림을 받았다면 세종대왕을 떠오르게 하는 이름이니, 기분이 나쁘지만은 않았을 것 같다. 아무튼 아빠는 내 질문을 받고 생각이 많은 표정이었다.

아빠는 뜻있는 웃음을 짓더니 말했다.

"네 질문을 기다렸어. 네 이름의 의미를 묻는 바로 이 순간을."

아빠의 엉뚱한 대답에 나는 고개를 갸웃거리며 물었다.

"제 이름을 공유로 짓게 된 특별한 사연이 있나요? 아빠 이름인 기억도 조금 특별한 편이잖아요. 평화라는 이름도 흔한 이름은 아니고요."

아빠는 내 머리를 헝클며 힘 있는 목소리로 말했다.

"드디어 우리 가족의 이름이 탄생한 이유를 찾으러 제주 여행을 떠나게 되었구나."

아빠의 얼굴에 묘한 표정이 걸려 있었다. 어두운 기억을 불러내는 듯한, 그 기억과 눈을 부릅뜨고 마주하려는 듯 단단한 표정. 갑자기 나타난 멧돼지와 맞붙어 싸우려고 몸을 곧추세워 상대방을 노려보는 비장한 표정이기도 했다.

우리 가족의 이름에 말 못 할 사연이 담겨 있나 하는 궁금증이 구름처럼 부풀어 올랐다.

일주일 후, 아빠는 내게 제주도로 가는 비행기표를 보여 주며 말했다.

"공유야, 다음 주가 할아버지가 돌아가신 일주기라 가족 모두 제주도에 간단다."

나는 눈을 둥그렇게 뜨고 물었다.

"네? 할머니와 평화까지요?"

할머니는 관절이 안 좋아서 걷는 것을 힘들어했고, 평화는 비행기 타는 것을 무서워했다. 다섯 살이 되고 나서부터는 은근히 비행기 타는 것을 기대하는 눈치지만.

아빠의 얼굴에 또 생각이 많아졌다.

"네 할아버지가 태어나신 곳이 제주도이고, 우리 가족의 뿌리가 그곳에서 시작되어서야. 우리 가족의 이름이 제주도에서 일어난 사건으로부터 시작되었기 때문에, 뿌리 여행을 하는 셈이지."

아빠는 이참에 내게 알리지 못한 것들을 보여 주려고 단단히 벼르고 있던 것 같았다.

할머니도 내심 기뻐하는 눈치였다. 할아버지를 먼저 하늘나라에 보내고 쓸쓸해하시던 할머니의 눈에 기쁨과 기대에 찬 빛이 가득했다.

다섯 살 된 평화는 비행기를 타고 여행을 떠난다는 말에 애착 인형인 토끼 인형부터 챙겼다.

제주도에 도착했을 때는 하늘이 먹구름으로 조금 어둑어둑했다. 금세라도 비가 흩뿌릴 기세였다.

할머니가 하늘을 올려다보며 혼잣말을 했다.

"니네 하루방 하늘나라 갈 때도 이런 날씨더니, 신기허당."

제주도 공항에서 우리 가족을 기다리던 사람은 아빠가 영미 삼촌이라고 부르는 분이었다.

"옵서 고생 많아수다."

할머니는 영미 삼촌의 손을 살갑게 투덕투덕 토닥이며 말했다.

"반겨 줭 고맙수다게. 자네는 예나 지금이나 마음이 똑같수다에. 이 아이가 내 손자우다게."

영미 삼촌은 내 머리를 쓰다듬으며 말했다.

"삼촌, 우린 궨당 아니꽈. 당연히 제주도를 방문한 궨당을 기쁘게 맞아야 협주게. 애, 이름이 공유라고 해수과? 공유 얼굴에서 유성 삼촌의 모습이 보염수다게."

유성 삼촌이라면 돌아가신 할아버지의 성함이다. '고유 자, 성 자'가 바로 우리 할아버지의 성함이기 때문에 금방 귀에 잡혔다. 영미 삼촌은 할아버지 장례식에서 잠깐 본 것 같았다.

나는 아빠에게 작은 소리로 물었다.

"아빠, 궨당이 무슨 뜻이에요?"

아빠가 조곤조곤 말해 주었다.

"'권당'의 제주 사투리야. 친척이라는 뜻이지."

영미 삼촌이 그 말을 듣고 푸하하 큰 소리로 웃었다.

"공유는 제주 사투리를 모르니 서울말을 써야 하는데, 삼촌을 만낭 보낭에 나도 모르게 제주 사투리가 자꾸 나왐수다게."

평화는 낯선 분위기 때문인지 엄마 뒤로 자꾸 숨었다.

나는 아빠에게 조용한 목소리로 물었다.

"아빠, 영미 삼촌은 여자분인데 왜 삼촌이라고 부르나요?"

아빠가 싱긋이 웃으며 말했다.

"제주도에선 남자, 여자 상관없이 웃어른을 모두 삼촌, 아랫사람을 조카라고 부른단다."

그래서 우리 할머니와 영미 삼촌을 '삼촌'이라고 부르는 것이었다. 내가 고개를 끄덕이자, 영미 삼촌이 내 등을 토닥이며 말했다.

"네 증조할아버지와 우리 할아버지가 형제야. 그러니까 네 할아버지는 내게 작은 아버지이지. 이제 궁금증이 풀렸니?"

영미 삼촌은 할머니와 말할 땐 제주도 사투리를 섞어 썼지만, 내게는 표준어로 또박또박 말했다.

우리는 영미 삼촌이 끌고 온 큰 차에 올라탔다.

"조카는 여전히 대장부네. 이런 큰 차도 쉽게 운전하는 걸 보맹."

영미 삼촌은 할머니의 말에 푸하하 웃으며 말했다.

"자, 대장부가 모는 차를 타고 4.3 평화 공원으로 갑시다!"

평화는 자기 이름이 나오자 갑자기 손을 들며 말했다.

"내 이름은 고평화예요. 우리 할아버지가 지어 주신 이름입니다. 고평화 여기 있어요."

순간 차 안에 있던 다섯 명이 철썩이는 파도처럼 까르르 웃음을 터트렸다.

아, 평화라는 이름에 갑자기 빛이 들어온 느낌이었다.

이제 기억과 공유라는 이름에도 빛이 들어오겠지.

고성칠이라는 이름

　제주시 봉개동에 있는 4.3 평화 공원에 도착했을 때는 바람이 세차게 불었다. 차에서 내릴 때 얼굴을 때리는 바람 때문에 눈을 찡그렸다.
　나비 날개처럼 나풀거리는 평화의 치마가 바람에 마구 헝클어졌다. 마침내 바람이 평화의 모자를 낚아채자, 평화는 큰 소리로 바람을 꾸짖었다.
　"바람 친구, 나빠! 심술쟁이야. 너랑 안 놀 거야."

내가 얼른 달려가 평화의 모자를 잡아 주자, 평화가 외쳤다.

"우리 오빠 최고야! 바람과 시합해서 이겼어. 바람 메롱!"

영미 삼촌이 묵직한 목소리로 말했다.

"옛날부터 제주도는 바람, 여자, 돌이 많아서 '삼다'라고 불렸어. 그런데 제주도에 여자가 많은 이유는 제주 4.3 사건으로 남자들이 죄다 죽었기 때문이야. 전체 희생자의 약 79퍼센트가 남자였거든……. 에구, 사람들이 이 사실을 안다면 무심코 제주에 여자가 많다는 이야기는 안 할 거야. 바람이 지나가면 그 속에서 할아버지의 외침이 들리는 것 같아."

할머니가 말을 거들었다.

"그렇지, 기억이 아버지도 바람 속에서 아버지의 외침을 들었다고 했어. '살아야 한다! 기억하라!' 하고 외치는 소리가 귀에서 떠나지 않았다고 했구만……."

아빠가 두 눈을 꿈쩍이며 물기 젖은 소리로 말했다.

"엄마, 나도 그 소리 많이 들었어요."

나는 궁금증을 참지 못해서 얼른 끼어들었다.

"우리 할아버지가 살아 계셨을 때 전쟁이 일어났나요? 왜 살아야 한다고 했어요? 우리 할아버지의 아버지라면, 증조할아버지를 말하는 거잖아요."

영미 삼촌이 잔잔한 목소리로 말했다.

"그래, 그때 전쟁만큼 끔찍한 일이 일어났지. 그게 4.3 사건이야."

아빠가 웅숭깊은 목소리로 말했다.

"자, 이제 공유의 증조할아버지 이름이 새겨진 각명비를 보러 가자."

나는 눈을 크게 뜨며 물었다.

"증조할아버지가 나라를 위해 싸우시다 돌아가셨나요?"

아빠가 내 손을 단단히 잡고 말했다.

"이제 그 이유를 알게 될 거야."

평화가 위령탑 쪽으로 걸어가더니 입술을 비죽였다.

"에잉, 여기는 놀이동산이 아니잖아. 난 놀이터가 좋은데. 그래도 하늘에 구름이 많아서 좋아. 구름 놀이터라고 생각하면 돼. 그리고 공유 오빠가 있잖아."

평화가 징징거리며 떼를 쓸 거라고 생각했는데, 평화의 뒷말이 우리 모두의 마음을 안심시켰다.

각명비는 빼곡하게 사람들의 이름이 적혀 있는 높다란

회색 탑이었다. 4.3 희생자들의 이름, 성별, 나이, 사망한 날과 시간, 장소가 기록되어 있었다.

아버지는 오른쪽 위쪽을 손바닥으로 공손히 가리켰다.

"저기 보이지? 고 성 자, 칠 자. 고성칠이라고 적혀 있지?"

가슴이 뭉클해졌다. 태어나서 처음으로 증조할아버지의 이름을 들었고, 그 성함이 회색 탑에 새겨져 있는 게 신기했기에.

갑자기 평화가 큰 소리로 외쳤다.

"할아버지가 거기 있어요? 나도 할아버지에게 인사할래요. 할아버지 보고 싶어요."

평화가 깡충거리자, 아빠가 평화를 번쩍 들어 올려 증조할아버지 이름을 보여 주었다.

"할아버지, 안녕하세요? 평화예요. 할아버지를 사랑해요. 저에게 멋있는 이름을 지어 주셔서 감사합니다."

우리는 모두 입을 크게 벌렸다. 가슴이 뭉클해지더니, 눈이 뜨뜻해졌다. 눈 쪽으로 따스한 눈물이 몰렸다.

아, 다섯 살 평화는 자신의 이름이 멋있다고 했다. 비록 증조할아버지를 작년에 돌아가신 할아버지로 잘못 알고 있는 것 같았지만. 평화의 말은 모두에게 감동을 주었다.

영미 삼촌이 눈가를 훔치더니 말했다.

"다섯 살 평화의 말이 우리 가슴을 적시네요. 어찌 됐든 자기 이름이 좋다니, 작은아버지가 들으시면 좋겠어요."

갑자기 고즈넉해진 분위기에 평화가 눈을 똥그랗게 뜨

고 말했다.

"나는 정말 내 이름이 좋아요! 싸우지 않고 사이좋게 지내면 평화가 와요. 나를 꼬집은 애가 미안하다고 하면 미워하지 않고 함께 놀아야 평화가 와요."

와, 평화는 또 놀라운 말로 우리 모두를 놀라게 했다.

엄마가 물었다.

"평화야, 어디서 그런 말을 들었어?"

평화는 자랑스러운 얼굴로 눈망울을 빛내며 또랑또랑하게 말했다.

"교회 주일 학교에서 배웠어요. 유치원에서도 배웠어요."

아빠는 감동한 얼굴빛으로 고개를 크게 끄덕였다.

"우리 평화는 할아버지가 지어 준 이름의 뜻을 확실히 아는 것 같네. 거참, '어린이는 어른의 아버지'라고 하더니."

아빠는 평화의 머리를 몇 번이나 쓰다듬어 주었다.

평화가 다시 말했다.

"공유 오빠, 얼른 할아버지께 인사드려. 오빠도 오빠 이름이 멋있지?"

나는 씨익 웃으며 고개를 크게 끄덕였다. 평화가 사랑스러워 꼭 안아 주고 싶었다. 나는 아직 내 이름이 어떤 의미인지 모르는데, 다섯 살 평화는 벌써 자기 이름의 뜻을 알고 있었다.

'고성칠.'

나는 증조할아버지 이름을 가슴에 새겼다. 그리고 마음속으로 조용히 혼잣말을 했다.

'이제부터 할아버지께서 왜 돌아가셨는지 알아볼게요. 제 이름의 뜻도요.'

각명비를 보고 나오는데, 평화가 소리쳤다.

"저기 달팽이 집이 있어요!"

화산 돌을 나지막하게 쌓아 동그랗게 길을 만든 것이 평화의 말처럼 달팽이 집 같아 보였다.

"어떤 엄마가 아기를 안고 있어요! 보고 싶어요."

평화는 아기만 보면 팔짝팔짝 뛰며 좋아했다.

"아가예요! 귀여운 아가."

'비설'이라는 조각상이었다. 아빠가 내 귀에 대고 말했다.

"비설이란, '바람에 흩날리며 내리는 눈'이라는 뜻이야."

평화가 말했다.

"근데 아가 머리만 보여요. 왜 엄마는 맨발이에요? 발이 시릴 텐데. 불쌍해요."

평화는 눈물을 글썽이며 말했다.

"신발이 없어요? 아빠, 우리가 신겨 주면 안 돼요?"

영미 삼촌이 눈두덩이를 비비며 말했다.

"에고, 다섯 살 아이도 저렇게 사람을 불쌍히 여기는 마음이 있는데……. 도대체 같은 나라 사람을, 그것도 두 살 된 어린 딸을 살리려고 저렇게 애면글면 도망가는 엄마를 어떻게 죽일 수 있냐고요! 빨갱이도 아닌 사람을 빨갱이라고 뒤집어씌워서……. 그 생각만 하면 가슴이 미어져요! 아고, 내 가슴아!"

영미 삼촌은 가슴을 주먹으로 탕탕 쳤다.

할머니가 영미 삼촌의 손을 지긋이 잡으며 말했다.

"조카, 말을 아껴요. 아직 평화는 어리잖아요. 공유는 이제부터 진실을 알아 갈 텐데……, 미리부터 이러면 공유가 힘들어져요."

평화는 금방 분위기를 알아챘다.

"나쁜 사람이 아기와 엄마를 죽였어요? 슬퍼요."

마침내 평화가 울먹였다.

"아빠, 아기가 불쌍해요. 아줌마도 불쌍해요. 도와주세요!"

평화는 엄마 품에서 어깨를 들썩이며 울었다.

"평화야, 새소리야! 새소리."

그제야 평화는 고개를 들며 하늘을 올려다봤다.

"어디에 있어?"

꿩 소리였다.

"귀 기울여서 잘 들어 봐."

다시 꿩 소리가 공기를 가르고 들려왔다.

"저게 꿩 소리야?"

"응! 우렁찬 소리지."

그제야 평화에게서 슬픈 기운이 사라졌다.

4.3 평화 기념관 전시실 앞에서 우리는 헤어져야 했다. 평화가 전시실 내용을 이해하기에 어려울 것 같다는 아빠의 말 때문이었다. 나와 아빠만 기념관 전시실에 남았다.

헤어지기 전에 평화는 아빠의 바지 자락을 잡고서 흐느꼈다.

"나도 공유 오빠랑 가고 싶어요. 놀이동산이 아니라도 좋아요. 아이스크림 사 달라고 안 할게요. 오빠랑 같이 있고 싶어요."

평화가 옆에 있으면 귀찮을 때도 있지만, 예상하지 못한 즐거움이 폭죽처럼 펑펑 터질 때도 많다. 지금처럼 평화의 머릿속에 가득 찬 상상이 얼굴을 내밀 때마다 우리 가족은 기분 좋은 웃음을 터트리곤 한다. 온갖 짜증과 걱정이 다 사라지는 웃음이었다.

기념관 전시실에 들어가는 내 발걸음이 무거워졌다. 왠지 어두운 진실이 내 앞에 나타날 것 같아서.

'기억의 터널 전시실' 앞에서 나는 평화를 데려오지 않기를 정말 잘했다는 생각이 들었다. 4.3 희생자들의 사진이 천장과 벽면에 빼곡하게 붙어 있었다. 이렇게 많은 사람들의 얼굴을 보면 평화는 뭐라 말할까?

나는 아직 4.3 사건을 제대로 알지 못한다. 4.3 사건이 우리나라가 일본으로부터 해방되고 2년 후인 1947년 3월 1일부터 일어난 일이라는 것만 알고 있다.

이번 제주 여행에서 4.3 사건을 제대로 알 수 있을 것 같아 기대가 되었다. 그 사건이 우리 가족의 이름과 관계가 있다니, 빨리 역사 속으로 들어가고 싶었다.

나는 조심스럽게 물었다.

"아빠, 혹시 우리 증조할아버지의 사진도 이곳에 있나요?"

"아니, 할아버지 사진은 안타깝게도 이곳엔 없어. 할아버지 집이 불에 타면서 모든 기록물이 다 사라졌거든."

나는 화들짝 놀라서 물었다.

"불이 났다니요?"

"1948년 10월 17일에 소개령이라는 작전이 있었단다. 경찰과 군인들이 한라산 중산간 마을의 집들을 다 불태운 작전을 말해. 무장대에게 먹을 것을 줬다는 이유인데……, 참 답답한 일이야. 무장대가 내 자식이고 이웃인데, 어떻게 안 줘. 어쩌다 강제로 먹을 것을 빼앗아 간 무장대도 있었지만."

나는 가시 돋친 목소리로 물었다.

"그 사람들이 잘못한 것도 없는데, 불태운 거예요? 우리 증조할아버지 집도 한라산 중산간 마을에 있었나요?"

아빠의 목소리가 가라앉았다.

"그래. 할아버지는 유년의 추억이 담긴 집을 송두리째 불에 빼앗겼지……. 나도 이해할 수 없는 일이 너무 많단다. 나라를 지켜야 할 경찰이 우리 할아버지와 이웃 사람들을 빨갱이로 몰았으니까."

묵묵히 듣고 있던 나는 궁금증이 생겨 물었다.

"우리 증조할아버지가 공산주의자라는 건가요?"

아빠는 먼 곳으로 눈을 돌리며 말했다.

"네 고조할아버지와 증조할아버지는 평범한 사람이었어. 네 고조할아버지는 말을 돌보는 사람이었지. 네 증조할아버지는 낮에는 학교 선생님이었고, 밤에는 야학 선생님이었어. 배워야 세상이 어떻게 돌아가는지 알 수 있다면서, 학교에 못 다니는 사람들을 밤에 가르쳤지."

처음으로 알게 된 사실이다. 나는 증조할아버지가 겪었을 고통을 상상해 보았다.

우리는 다랑쉬굴을 그대로 재현해 놓은 특별 전시실 앞에서 걸음을 멈칫했다.

"들어가 볼까?"

다랑쉬굴에는 해골과 뼈다귀들이 가지런히 놓여 있었다.

"아빠, 혹시 증조할아버지께서, 다랑쉬굴에서······."

아빠는 잠깐 눈을 껌벅거렸다.

"네 증조할아버지는 큰넓궤라는 동굴에 숨어 있다가 들켜서 정방 폭포로 끌려갔어. 거기서 경찰과 군인의 총을 맞고······."

아빠는 말을 잇지 못하고 잠깐 화장실에 다녀온다고 했다. 끝말을 차마 내뱉지 못하고 슬픔을 달래러 가는 것 같았다. 이곳에 계신 다른 분들도 증조할아버지처럼 아무 죄 없이 죽었다는 생각을 하니 가슴이 저릿해졌다.

토벌대가 다랑쉬굴에 불을 질렀고, 11명의 민간인이 목숨을 잃었다고 했다. 연기에 목이 막혀 숨을 못 쉬고 죽은 사람들의 절규가 내 살갗으로 파고드는 것 같았다.

명치끝이 아팠다. 먹은 것이 체했을 때처럼 가슴이 뻐근해지더니 숨을 쉬기가 어려웠다.

눈물이 뺨 위로 비 오듯 쏟아졌다.

나는 송곳으로 찌르는 것 같은 명치를 손으로 누르며 외쳤다.

"증조할아버지, 뵙고 싶어요!"

순간 이상한 일이 일어났다.

내 몸이 붕 떠올랐다.

관덕정에서 울린 총소리

사람들의 함성이 우렁우렁 내 귀에 가득 찼다.
"대한민국 만세!"
"미군정은 물러가라!"
"보리 공출을 중단하라!"
"양과자를 팔지 말라!"
학교 운동장과 담장 너머까지 빼곡 들어찬 사람들이 태극기를 흔들며 큰 소리로 외쳤다.

나는 낯선 곳에 서 있는 내 모습에 놀라 주위를 두리번거렸다.

한 아이가 나를 보며 말했다.

"애야, 넌 태극기가 없니?"

나는 어리벙벙한 모습으로 물었다.

"태극기가 왜 필요한데?"

"오늘 3.1절 28주년 기념행사가 있는 날이잖아. 그래서 북국민학교에 모인 거고. 너 모르고 온 거야?"

나는 얼른 머릿속으로 셈을 했다. 3.1절은 1919년 3월 1일에 일어난 만세 운동을 기념하는 날이라고 배웠다. 오늘이 3.1절 28주년 기념행사라고 했으니, 1919년도에서 28을 더하면……, 지금 내가 있는 시대는 1947년이다.

갑자기 몸에서 기운이 빠지는 것 같았다. 하지만 정신은 또렷했다.

생각해 보면 북국민학교라는 말도 이상했다. 우리는 초등학교라고 하니까. 게다가 사람들의 옷차림도 내가 사는 곳의 모습과 너무 달랐다. 누르죽죽한 옷을 입고, 활기차게 태극기를 흔드는 사람들은 요즘 사람들의 옷차림이 아니었다.

나에게 말을 거는 아이의 옷차림도 내가 입고 있는 옷차림새가 아니었다. 그 아이도 내가 신기한지 자꾸 쳐다보았다.

"혹시 육지에서 왔니?"

나는 고개를 끄덕였다.

"잠깐만 기다려."

아이는 자기 또래의 남자아이를 데려왔다.

"유성아, 너에게 태극기 있지? 얘 육지에서 왔나 봐. 얘한테도 태극기 한 개 줘."

까까머리 남자아이가 나를 반가운 눈으로 바라보았다.

"잘 왔어! 이 태극기 흔들어. 지금 몇 학년이야?"

나는 멋쩍게 웃으며 말했다.

"5학년. 이름은 공유야."

나는 묻지 않은 내 이름까지 말했다.

두 아이가 활짝 웃으며 말했다.

"우리랑 같은 학년이네. 내 이름은 유성이야. 더벅머리 내 친구 이름은 종도야. 네 이름은 뭔가 멋있다."

유성이라는 이름이 낯설지 않았다. 게다가 서글서글한 큰 눈망울도 눈에 익었다.

유성이는 내 손을 덥석 잡았다.

"잘 왔어. 오늘은 특별한 날이니까. 우리가 일본의 압박에서 벗어나기 위해 힘을 합쳐 만세 운동을 한 날이잖아."

마이크 소리가 왕왕거렸다.

"여러분, 해방 후 두 번째로 맞는 3.1절 기념 대회에 오신 것을 환영합니다. 우리가 모이는 것을 미군과 응원 경찰들이 반대하지만, 많은 분들이 두려워하지 않고 용기를 내 주신 것이 감동스럽습니다!"

여기저기서 박수 소리가 터져 나왔다. 유성이가 자랑스럽다는 듯 말했다.

"지금 연설하신 분이 우리 아버지야."

나는 엄지손가락을 척 올리며 말했다.

"우와! 네 아빠 멋진 분이시다! 그런데 경찰이면 경찰이지, 응원 경찰은 뭐야?"

박수를 치던 유성이가 대답했다.

"제주도에 있는 경찰이 아니라, 육지에서 내려온 경찰들이야."

우리 옆에 서 있던 아기를 업은 아주머니도 큰 소리로 박수를 쳤다. 등에 업힌 아기가 엄마처럼 두 손으로 짝짜꿍을 했다.

아기를 보자 평화가 떠올랐다. 평화는 아기라면 다 좋아하는데. 나도 모르게 아기의 손을 잡으며 까꿍을 해 주었다.

유성이와 종도는 태극기를 힘차게 흔들었지만, 나는 어정쩡한 모습으로 서 있었다. 궁금한 것이 많았다. 미군과 응원 경찰이 3.1절 기념행사를 왜 막는 걸까? 그 생각을 하니 머리가 뻐근했다. 같은 나라 사람이라면 자랑스러워 해야 맞는 것 아닐까?

행사가 끝나 갈 즈음에 머리에 띠를 두르고 어깨동무를 한 형들이 '왓샤왓샤'라는 구호를 외치면서 학교 밖으로 뛰어나갔다.

유성이와 종도도 큰 소리로 외쳤다.

"왓샤왓샤!"

나는 궁금한 것을 참지 못해 유성이에게 물었다.

"왓샤왓샤가 무슨 뜻이야?"

"넌 육지에서 왔으니 뜻을 모르겠다. 제주도에서는 거센 바람 때문에 구호가 길면 들리지 않거든. '왓샤왓샤'는 사람들이 만든 짧은 구호야. 응원하는 말이라고 생각하면 돼."

4.3 평화 기념관 뜰에서 평화의 모자를 빼앗아 간 세찬 바람이 생각났다. 나도 유성이와 종도와 어깨를 걸고 '왓

샤왓샤'를 외쳤다. 우리는 머리띠를 한 형들을 따라서 운동장 밖으로 빠져나갔다.

교복을 입은 형들이 많이 보였다. 머리에 쓴 모자에 한자로 '中(중)' 자가 붙어 있었다. 유성이가 자랑스러운 목소리로 말했다.

"저기 '왓샤왓샤' 구호를 외치는 중학생 형들 중에서 안경 쓴 형이 내 형이야! 항상 일등만 하는 형이야!"

유성이는 형을 향해 손을 흔들었다. 유성이 형이 알아보고 큰 소리로 외쳤다.

"유성아, 사람이 많으니까 조심해!"

유성이가 잠깐 주춤하는 사이에 종도가 신난 목소리로 외쳤다.

"저기 관덕정이 보인다!"

종도의 말에 나도 고개를 들었다. 관덕정 주변에는 말을 탄 기마경찰들도 보였다.

그때였다.

갑자기 기마경찰이 탄 말 앞으로 여섯 살 정도 된 아이가 달려갔다. 순간 아이는 기마경찰의 말발굽에 차여 길 옆 도랑으로 떨어지고 말았다.

"악!"

나는 내가 말발굽에 차인 것처럼 몸을 구부려 머리를 감쌌다. 사람들이 아이 옆으로 우르르 달려갔다.

기마경찰은 아무 일도 없다는 듯 그냥 지나쳐 버렸다.

"아니, 그냥 지나가면 어떡해요? 아이를 구해야죠!"

먼저 달려간 사람이 아이를 품에 안았다. 화가 솟구친 사람들이 길에 있는 돌멩이를 주워 들고 기마경찰 뒤를 따라가며 큰 소리로 외쳤다.

"아이를 구해라!"

사람들이 들불처럼 달려들자, 기마경찰은 허겁지겁 경찰서 방향으로 말을 몰았다. 뒤따르던 사람들이 돌을 던지자, 갑자기 하늘이 찢어질 듯 큰 소리가 들렸다.

탕, 탕, 탕!

관덕정 앞은 예고 없이 천둥번개를 데리고 온 소나기가 사정없이 쏟아지는 시장 바닥 같았다.

피를 흘리며 쓰러진 사람들, 방향 없이 뛰어가는 사람들, 아이들 이름을 부르며 달려가는 사람들, 그리고 그 사이로 들려오는 아기의 자지러지는 울음소리.

나도 정신없이 유성이와 종도를 따라 달렸다.

우리는 가게 옆 후미진 골목에 숨어서 한꺼번에 숨을 몰아쉬었다. 온몸이 덜덜 떨리고, 심장이 두방망이질을 쳐 댔다.

그제야 관덕정 앞의 광경이 눈에 들어왔다.

내가 조금 전 손을 잡아 주었던 아기 엄마가 아기를 업은 채 피를 흘리며 바닥에 쓰러져 있었다. 아기의 찢어질 듯 날카로운 울음소리가 공기를 가르며 사방으로 퍼졌다.

눈앞이 깜깜해졌다. 다리가 후들거려 서 있을 수가 없었다.

"안 돼! 우리 아버지와 형이……!"

유성이가 쓰러진 사람들 사이로 달려갔다. 순간 종도와 내가 유성이 다리에 매달렸다.

"가면 안 돼! 경찰이 망루에서 총을 겨누고 있을 거야."

유성이 얼굴에 눈물과 콧물이 엉켜서 흘러내렸다.

"안 돼! 저기 우리 아버지와 형이 있단 말이야."

종도가 애타는 목소리로 말했다.

"너희 아버지와 형은 안전한 곳으로 피했을 거야. 걱정 마. 지금은 여기 숨어 있다가 조용해지면 빠져나가자."

우리는 땅바닥에 힘없이 주저앉았다.

유성이는 어깨를 축 늘어뜨린 채 흐느꼈다. 까까머리에도 슬픔이 스며 있었다.

발바닥이 따끔거렸다. 내 운동화 한 짝이 사라졌다. 발바닥이 날카로운 것에 찔렸는지 양말이 피로 슬금슬금 젖고 있었다. 도망치기에 바빠 내 상태가 어떤지 전혀 살필 수 없었던 것이다. 종도의 검정 고무신 한 짝도 찢어지고, 유성이의 옷도 찢어져 있었다.

울음을 그친 종도가 맥없는 목소리로 말했다.

"유성아, 네 갈중이 옷이 온통 똥 벼락이다. 똥 싼 도새기 같네."

유성이가 울음을 그치고 피식 웃었다. 내가 무슨 말인지 몰라 어리둥절해 있으니 종도가 말했다.

"갈중이 옷은 감물을 들인 옷이야. 갈옷이라고도 하고. 도새기는 돼지라는 뜻이야."

이제 보니 유성이 엉덩이가 똥과 오줌으로 범벅이 되어 엉망진창이었다. 이상했다. 이렇게 무섭고 험한 시간에도 헛웃음이 나왔다.

"총소리 듣고 놀랐나 봐. 정신없이 뛰어가는데, 똥오줌이 나도 모르게 나왔어."

우리 셋은 웃어야 할지 울어야 할지 몰라서 웃음과 두려움이 섞인 표정을 지었다.

한기가 들어 몸을 옹송그렸다. 3월의 날씨엔 서늘함이 묻어 있었다.

"이제 총소리가 안 나니까 관덕정 앞으로 가 보자."

혹시라도 총에 맞은 사람을 볼까 봐 소름이 끼쳤다. 막 골목을 빠져나오는데, 다급한 목소리가 들렸다.

"유성아! 이 녀석 살아 있었구나! 유성이 맞지?"

유성이의 형이었다.

"아, 지성이 형! 우리 형! 살아 있었네!"

유성이는 형의 품에 와락 안겼다. 유성이가 울음을 머금은 목소리로 물었다.

"형, 아버지는?"

지성이 형이 유성이의 등을 토닥이며 말했다.

"걱정하지 마. 아버지는 다친 사람을 도와주러 가셨어."

유성이가 토해 내는 울음은 아까의 울음과 달랐다. 살았다는 안도감이 서린 울음이었다.

코끝이 시큰해졌다. 그 기운이 머리까지 뻗쳐 머리카락까지 시큰거리는 것 같았다.

"됐다, 됐어! 너를 찾느라 얼마나 헤맸는데……. 이제 집에 가자."

유성이는 그동안 마음 졸였던 지옥 같은 시간을 헤집어 보다 왈칵 울음을 터트렸다.

"형, 경찰이 나빴어. 도망가는 사람들에게 총을 쐈잖아. 아기를 업은 아줌마에게도 총을 쐈어. 나 커서 경찰 되려고 했는데, 경찰 안 할 거야."

지성이 형은 유성이 머리를 쓰다듬어 주면서 말했다.

"나쁜 경찰만 있는 건 아닐 거야. 자, 집으로 가자. 어머님이 걱정하실 거야."

지성이 형은 나를 쳐다보더니 궁금한 듯 물었다.

"너는 어디서 왔니?"

내가 머뭇거리자 유성이가 말했다.

"육지에서 왔대. 나와 나이가 같아. 이름이 공유래."

지성이 형이 물었다.

"너희 부모님은 어디 계시니?"

지성이 형의 말에 입을 벙긋 열어 말하려는데, 목소리

가 나오지 않았다. 두꺼운 것이 낀 것처럼 목구멍이 꽉 막힌 것 같았다. 생각해 보니 아기 엄마가 피 흘리고 쓰러진 모습을 보고 울 때도 소리가 나오지 않았다.

"……."

목울대에 힘을 줘도 말은 어디론가 사라졌다. 서늘한 두려움이 내 모든 말을 잠재운 모양이었다. 안간힘을 썼지만 말은 나오지 않았다.

"어……, 어……."

내 의지와 달리 한숨 비슷한 소리만 나왔다. 유성이가 안타까운 얼굴로 말했다.

"쟤, 조금 전까지만 해도 말을 잘했는데……."

내가 아무 말도 못 하자, 지성이 형이 말했다.

"저런, 말을 잃어버렸구나……. 총소리에 너무 놀란 모양이야. 여기 있으면 위험할 텐데……, 어떻게 할래?"

나는 머뭇거렸다. 유성이가 말했다.

"형, 우선 우리 집으로 데려가자. 얘 신발도 잃어버렸어.

발도 다친 데다 놀라서 말도 못 하잖아."

지성이 형은 주머니에서 무명천으로 만든 손수건을 꺼내더니, 내 발에 묶어 주었다.

"우선 이걸로라도 묶으면 걷는 것이 조금 나을 거야."

우리는 긴 시간을 터덜터덜 걸어갔다.

나는 아파서 도저히 걸을 수 없어 다리쉼을 했다. 발에서 나온 피로 무명천 손수건이 붉게 젖어 있었다. 지성이 형이 내 발을 살펴보며 말했다.

"많이 아프겠구나……. 아팠을 텐데 참은 것을 보니 인내심이 대단한 아이네."

지성이 형의 말에 코끝이 시큰해졌다.

엄마와 아빠가 그리웠다. 지금 당장 아빠에게 달려가 너른 품에 안기고 싶었다.

지성이 형이 등을 내밀었다.

"내가 조금 업어 줄게. 유성아, 너는 괜찮아?"

유성이는 고개를 크게 끄덕이며 말했다.

"형, 나는 괜찮아. 공유는 발도 다치고 말까지 잃었으니 몸과 마음이 다 아픈 거잖아."

유성이 말에 가슴이 뭉클해지더니 뜨뜻한 눈물이 뺨으로 흘러내렸다.

마침 소를 몰고 지나가던 아저씨가 우리를 보고 외쳤다.

"관덕정에서 오는 길이냐?"

유성이와 형이 크게 고개를 숙여 인사하자, 아저씨가 말했다.

"얼른 타라. 갈 길이 멀다. 큰 사고 없어서 다행이다. 여섯 명이 죽었고, 여덟 명이 다쳤다고 들었다. 북국민학교면 먼 곳이었을 텐데, 갔다 오느라 애썼다."

아저씨는 나를 제일 먼저 안아서 소가 끄는 수레에 올려 주었다. 푹신한 밀짚이 있어서 좋았다.

지성이 형이 내 머리를 쓰다듬으며 말했다.

"제주 사람들은 한 다리 건너면 아는 사이라 다 친척 같

아. 너도 제주도에 왔으니 우리를 친척이라고 생각하면 돼."

그 말이 엄마가 끓여 준 된장국처럼 마음을 따스하게 덥혀 주었다. 지성이 형과 아저씨는 쉴 새 없이 말을 나눴다.

따각따각 돌멩이 밟히는 소리가 자장가처럼 잠을 불렀다. 유성이와 종도의 코 고는 소리가 귀에 들렸다.

유성이 집에 도착했을 땐 주홍빛 노을이 하늘을 물들이고 있었다. 종도는 졸린 눈을 비비며 자신의 집으로 들어갔다.

낮은 돌담으로 감싼 집이 노을빛에 붉게 물든 것처럼 보였다. 대나무 숲이 바람에 서걱거리는 소리가 들렸다.

갈옷을 입고 머리를 쪽진 아주머니가 우리를 보자마자 뛰어나오더니, 지성이 형과 유성이를 부둥켜안고 한참을 울먹였다.

"아이구, 관덕정에서 경찰이 쏜 총에 사람이 여섯이나 죽었다고 해서, 일이 손에 잡히지 않았다. 혹시나 무슨 일이 생겼을까 봐……. 이렇게 살아 돌아와서 다행이다. 어디 다친 데는 없니?"

마침내 유성이가 엄마 품에 뛰어들며 크게 울음을 터트렸다.

"엄마, 무서웠어요! 경찰이 사람들에게 총을 쐈어요."

유성이의 어깨가 심하게 흔들렸다. 집에 오는 동안 말 한마디 하지 않고 입을 꾹 다물고 있던 유성이었다. 유성이 가슴 속에 꾹꾹 쟁여 놓은 울음이 한꺼번에 터진 것이다.

"아기 엄마가 죽었어요. 아기가 불쌍해요. 국민학생도 죽었대요."

유성이 엄마가 유성이의 등을 토닥여 주며 말했다.

"우리 막내가 오늘 삶과 죽음의 경계에 있다 왔네……. 제주에 심상치 않은 바람이 부는 것 같구나. 이제 마음을 단단히 먹어야 할 것 같다."

유성이 엄마의 말은 스스로에게 하는 말 같았다. 유성이 엄마는 볕에 잘 그을린 고구마빛 얼굴이었다.

유성이 엄마는 유성이 몸을 여기저기 살펴보았다. 유성이가 겁먹은 목소리로 말했다.

"총소리에 놀라 똥과 오줌을 지렸어요……."

유성이 엄마가 유성이의 머리를 쓰다듬으며 말했다.

"그럼, 그렇고말고. 얼마나 놀랐을까? 국민을 지켜야 할 경찰이 쏜 총소리를 들었으니……. 따뜻한 물로 씻자. 옷과 몸은 씻으면 말끔해지는데, 마음에 생긴 상처도 말끔해지면 좋겠구나."

유성이 엄마의 눈길이 지성이 형에게로 옮겨 가자, 지성이 형이 말했다.

"엄마, 저희는 괜찮아요. 아버지는 죽고 다친 사람들의 뒤처리를 하고 오신다고 했어요."

유성이 엄마는 그제서야 한숨을 쉬더니 가슴을 쓸어내렸다.

"그래, 네 아버지가 마땅히 할 일이다."

유성이 엄마는 나에게 눈길을 주었다.

"얘는 낯선 아인데……."

유성이가 채 울음이 가시지 않은 젖은 목소리로 말했다.

"육지에서 왔대요. 할아버지가 태어난 곳이 제주래요. 이름은 공유고요. 충격으로 목소리를 잃었어요."

유성이 엄마는 따스한 눈길로 내 등을 토닥여 주었다.

"어린아이가 얼마나 놀랐겠니? 마음이 가라앉으면 목소리는 돌아올 거다. 제주에 왔다면 다 이웃이니 편하게 있다 가렴."

유성이 엄마가 따끈한 음식을 내왔다.

"지슬과 미역국을 먹고 힘을 내자."

"지슬은 감자를 말해. 체하지 않게 미역국과 함께 먹어."

유성이가 말했다.

나는 김이 모락모락 나는 지슬을 입이 미어지도록 집어넣었다.

유성이 엄마는 내 발의 상처를 물에 닦아 낸 후, 약을 발

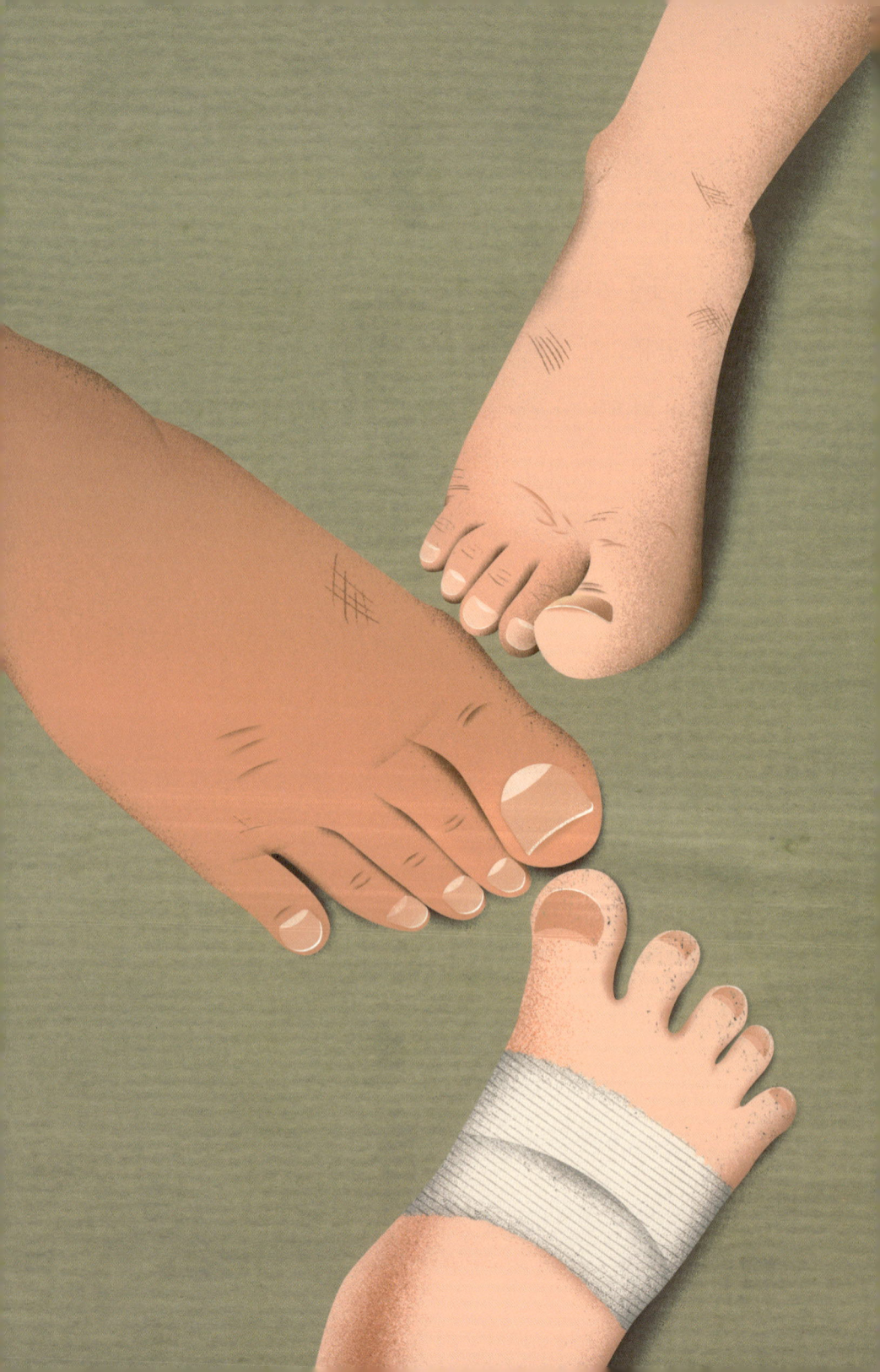

라 주며 말했다.

"공유 발톱 끝이 하늘로 치켜 올라간 것이, 네 아빠 발톱과 닮았네. 참 신기하다."

유성이가 자신의 발톱을 보여 주며 말했다.

"내 발톱도 공유 발톱과 닮았어요!"

"그러게. 발톱이 닮은 게 신기해. 짙은 눈썹도 낯설지 않고."

나는 유성이 엄마가 마련해 준 잠자리에 눕자마자 잠이 들었다. 꿈결에도 유성이 엄마가 내 발을 쓰다듬는 것이 느껴졌다. 유성이와 내 등을 토닥이며 자장가를 불러 주는 소리가 끊겼다 이어졌다 했다.

웡이자랑 웡이자랑

웡이자랑 웡이자랑 웡이자랑

우리아기 잘도잔다

자랑자랑 웡이자랑 자랑자랑

우리아긴 돈밥먹엉 잘도잔다
웡이자랑 웡이자랑
자랑자랑 웡이자랑 웡이자랑

울지말앙 한저자라
웡이웡이 웡이자라

자랑자랑 자랑자랑
아기잠도 잘도잔다

우리아기 잘도잔다
금마으마 깁는아기
울지마랑 한저자라
웡이웡이 웡이자랑 자랑자랑

검은 개와 노랑 개

"네가 있는 곳은 안덕면 동광리 무등이왓이란다. 네 부모님께 연락을 해야 하니, 주소를 알려 주렴. 혹시 부모님이 지금 제주에 계시니?"

나는 유성이 엄마가 내민 종이에 우리 집 주소를 썼다. 유성이 엄마는 내가 쓴 주소를 보며 고개를 갸웃거렸다.

"처음 들어 본 주소네……. 네 아버지 성함도 써 주렴."

나는 아버지 이름인 '고기억'이라는 이름을 크게 쓰고,

'제주시 봉개동 4.3 평화 공원에 아버지가 있습니다.'라고 썼다.

유성이 엄마가 흠칫 놀라는 표정을 하며 말했다.

"네 아버지 성이 고씨구나. 4.3 평화 공원이라니, 통 모를 말인데……. 암튼 연락은 해 보자꾸나."

며칠이 지나자 발에 생겼던 상처는 아물었다. 하지만 목소리는 돌아오지 않았다.

나는 유성이의 검정 고무신을 신었다. 유성이가 감탄하듯 말했다.

"우와! 내 발 크기와 같네!"

처음 신어 보는 고무신이라 어색하고 불편했지만, 계속 신다 보니 어느덧 몸과 하나 되는 느낌이 들었다.

무등이왓 아이들과 시나브로 친해져, 가끔 집 뒤에 있는 대나무 숲에 들어가 경찰놀이를 했다.

"경찰 온다!"

아이들이 소리치면, 우리는 동시에 대나무 숲이나 팽나무 위로 올라가 숨었다. 경찰이 된 술래는 눈을 희번덕거리며 아이들이 숨은 곳을 찾는 놀이었다.

그것도 시들해지면 자치기와 무등 타기, 비사치기 같은 놀이들을 했다. 그중에 달려가 물방애 다섯 곳을 찍고 돌아오는 시합은 흥미진진했다. 물방애는 말과 소가 곡식을 빻는 돌방아였는데, 육지에서는 연자방아라고 불렀다. 그 시합에서는 유성이가 늘 이기곤 했다. 광신사숙 학교를 들락거리며 글 읽는 소리를 듣는 재미도 쏠쏠했다.

꿩 잡기 놀이는 지성이 형이 있어야 할 수 있는 놀이였다. 지성이 형은 꿩을 잡는 올무를 기가 막히게 만들었다. 제주에서는 올무를 꿩코라고 불렀다. 꿩은 워낙 예민해서 풀 소리가 나기만 해도 소리를 내며 멀리 달아났다.

유성이는 깔깔 웃으며 신나게 놀다가도 얼굴이 어두워지곤 했다. 관덕정의 기억이 문득문득 유성이를 괴롭히는 것 같았다.

갑자기 사방에 비를 품은 바람이 몰아쳐 집으로 달려갔다. 하늘이 까매지더니, 후드득 비가 땅으로 세차게 떨어졌다.

"아, 아버지!"

유성이가 소리쳤다. 유성이 아버지였다. 유성이 아버지를 처음 봐서 나는 어정쩡하게 인사를 드렸다.

"오, 네가 육지에서 온 고공유라는 아이구나."

유성이 아버지의 목소리는 우렁찼지만, 따스함이 묻어 있었다.

얼마 후, 유성이 아버지의 동료 선생님들이 집으로 찾아왔다. 유성이 아버지와 선생님들은 건넌방에서 소리가 밖으로 새어 나가지 않도록 조심스럽게 이야기를 나누었다.

"3.1절 행사에서 죄 없는 사람들을 쏜 경찰들이 제주 사람들에게 용서를 빌어야 합니다. 총에 맞은 사람 중 한 사람만 빼놓고, 나머지는 등 뒤를 맞은 것으로 판명 났다고 합니다. 경찰이 도망가는 사람들 등을 향해 총을 쏜 겁니다."

"맞습니다. 용서를 빌지 않으면 선생님들이 총파업을 해야 합니다."

"은행원들도 총파업을 한답니다."

"제주도청 공무원들도 일을 멈춘다고 하네요."

"상점 주인들도 3.1절 발포에 항의하기 위해 문을 닫는다고 해요."

유성이 아버지가 큰 한숨을 쉬었다.

"장사를 하지 않으면 먹고살기 힘든 사람들인데, 문을 닫는군요."

굵고 나지막한 목소리가 들렸다.

"미군정이 제주도민들의 아픔을 경청하고, 주민 의견을 받아들여야 할 텐데……. 그 사람들이 이 땅에 민주주의를 심으려고 왔다면 말입니다."

울분을 토하는 소리가 이어서 들려왔다.

"미군정은 제주를 아예 빨갱이 섬으로 생각한다는데요.

이런 기가 막힌 일이 있나요? 전 공산주의를 반대하는 사람인데요."

"제가 제주에 있는 학교 선생님에게 파업에 참여하도록 연락하겠습니다."

유성이 아버지의 마지막 말로 회의는 끝났다. 선생님들은 늦은 시간에 헤어졌다.

동네에는 툭하면 경찰과 군인들이 들락거렸다. 경찰은 무등이왓을 온통 들쑤시고 다녔다.

어른들은 팽나무 밑에 모이기만 하면 웅성거렸다.

"3.1절 기념행사에 갔당 온 학생들을 몽땅 잡아당 고문했댕. 동네 중학생 아이가 고문받당 죽었댕햄저."

"몹쓸 놈들. 경찰 수가 부족허낭 육지에서 응원 경찰을 데려당 제주 사람을 감시하고."

"아니, 일제 시대에 일본의 앞잡이 노릇허던 순사를 그냥 쓴댕허네. 그거 무슨 말이꽈? 독립군을 혹독하게 고문

허던 그 순사들이 지금도 이 나라의 경찰 헌다는 게.”

"북에서 넘어온 청년들까지 데려당 경찰로 쓴댕햄저. 제주 사람들을 빨갱이로 생각해서 서북 청년단 그것들이 제주 사람들을 막 잡아간댕. 아니, 농사와 물질만 하고 허멍 사는 우리를 빨갱이라고 하는 게 말이 되는 말이꽈!"

곰방대를 빨던 할아버지가 울분을 토했다.

어른들이 밖에서 노는 것을 삼가라고 했기에 아이들의 놀이도 시들해졌다.

무엇보다 지성이 형의 얼굴은 돌처럼 굳어 있었다. 지성이 형 또래의 중학생이 북국민학교에서 열린 3.1절 기념행사에 참석했다는 이유로 경찰서에 끌려가 고문을 받다 죽었기 때문이었다.

나는 불안해졌다. 이렇게 무거운 분위기 속에 있는 것이 힘들었다. 하지만 돌아갈 방법을 알지 못했다. 아빠가 있는 4.3 평화 기념관에 돌아갈 방법을 안다면, 지금이라도 달아나고 싶었다.

경찰이 남자들을 잡아간다는 소문이 동광리 마을에 가득했다. 경찰과 군인들은 총을 들고 동광리 마을의 120여 채나 되는 집을 들쑤시고 다녔다. 마을이 온통 얼어 버린 것 같았다.

아이들은 수시로 팽나무 가지에 올라가 올레길을 살피다 외쳤다.

"검은 개가 와요!"

"노랑 개가 와요!"

그 말은 동네 사람들만 아는 비밀 암호였다. 검은 개는 검은 제복을 입은 경찰을 뜻하고, 노랑 개는 누런 군복을 입은 군인을 뜻했다. 우리가 외치는 소리를 듣고, 집에 있던 남자들은 후다닥 눌* 속이나 돗통시˙ 혹은 큰궤˙ 속에 숨었다.

* 낟알이 붙은 곡식을 쌓은 더미인 '낟가리'의 제주 방언.
* '돼지우리'의 제주 방언.
* '물건을 넣어 두는 네모꼴의 큰 상자'라는 뜻의 제주 방언.

1948년 4월 3일 새벽이었다.

유성이가 나를 밖으로 잡아끌었다. 나는 졸린 눈을 비비며 유성이 손에 이끌려 밖으로 나갔다.

"빨리 나와!"

눈이 휘둥그레졌다.

오름마다 봉홧불이 가득했다. 마치 하늘에서 한꺼번에 별똥별이 떨어지는 것 같았다. 한강에서 불꽃 축제를 볼 때와는 다른 느낌이었다. 한강에서는 사람들의 함성과 불꽃이 어울려, 지금 같은 고즈넉한 분위기는 없었다. 지금은 사방이 고요한 가운데, 봉홧불만 활활 타고 있었다.

오름에 관한 이야기는 '설문대 할망' 이야기에서 읽은 기억이 있다. 설문대 할망은 제주 사람들이 자신에게 옷을 한 벌 만들어 주면, 제주도와 육지를 잇는 다리를 만들어 준다고 했다. 그런데 제주 사람들은 옷을 만드는 데 필요한 명주 100동에 못 미치는 99동밖에 모으지 못했다. 설문대 할망은 명주 한 동이 모자라 결국 다리를 만들지 못했고, 설문대 할망 옷에서 떨어진 흙들이 오름이 되었다는 안타까운 이야기. 이런 전설 때문에 오름은 안타까움의 상징이 되었다고 한다.

용이 누운 모양이라는 '용눈이오름'과 분화구가 달처럼 보인다 하여 이름 붙여진 '다랑쉬오름'에도 봉홧불이 활활 타고 있었다. 작은 산 같은 오름이 온통 불천지였다.

지성이 형이 말했다.

"무장대가 보내는 봉홧불이야. 아무 죄도 없는 제주 사람들을 잡는 경찰과 토벌대, 제주도민을 탄압하는 미군정에 맞서자는 뜻이야."

지성이 형은 무장대가 쓴 호소문을 보여 주었다.

친애하는 경찰관들이여!
탄압이면 항쟁이다.
제주도 유격대는 인민들을 수호하며,

동시에 인민과 같이 서고 있다.

분위기가 뒤숭숭했다.

동네 사람들 중에는 무장대에 들어간 사람도 있었다. 350여 명의 무장대가 경찰 지서 가운데 12개 지서를 일제히 공격했다고 한다.

날이 밝으면 옆집의 아무개가, 뒷집의 아무개가 잡혀갔다는 소문이 연기처럼 퍼졌다.

유성이 아버지는 이미 아무도 모르는 곳으로 피신했다.

팽나무 위에서 망을 보던 아이가 유리 조각이 깨지는 듯한 소리를 냈다.

"검은 개가 와요!"

유성이 엄마는 가슴을 쓸어내렸다. 경찰이 발소리를 크게 내며 유성이 집에 들어왔다.

"이 집에 고성칠과 고지성 있지?"

경찰은 반말로 다그쳤다.

유성이 엄마가 얼른 마당으로 달려 나왔다.

"지금 집에 없는데요. 무슨 일이 있나요?"

"제주의 학교 선생들은 다 빨갱이라는 것을 알고 왔어! 고성칠 어디 숨어 있는지 말해."

유성이 엄마의 얼굴이 굳어졌다.

"집에 안 온 지 한참 됐습니다."

유성이 엄마의 말에 경찰은 유성이 엄마를 밀어 버리고 고팡*을 뒤졌다. 냄새나는 돗통시까지 인상을 쓰며 뒤졌지만 찾지 못하자, 욕을 하면서 도새기 우리까지 뒤졌다.

경찰은 유성이 아버지와 지성이 형을 찾지 못하자 홧김에 물허벅*을 발로 차 버렸다. 경찰의 눈에 핏발이 섰다.

한 경찰이 나를 향해 큰 소리를 버럭 질렀다.

"너희 아버지와 형 어디 있어? 말하지 않으면 경찰서로 잡아간다."

* '잡다한 살림살이나 곡식 등 온갖 물건을 넣어 두는 공간'이라는 뜻의 제주 방언.
* '물을 길어 나르는 물 항아리'라는 뜻의 제주 방언.

나는 새파랗게 질려 벌벌 떨기만 했다.

"어, 어."

경찰이 내 배를 쿡쿡 찌르며 말했다.

"그래, 말해 봐라. 어디 숨었는지."

유성이가 참지 못하고 끼어들었다.

"걔, 건들지 마세요! 걘 말을 못 한다고요!"

경찰이 유성이 말에 히죽 웃으며 말했다.

"말을 못 하는 벙어리라고? 말하게 해 줄까?"

경찰 한 명이 내 머리를 주먹으로 세게 쳤다. 갑자기 머리가 얼얼해지더니 눈앞에 수없이 많은 별들이 떠다녔다. 나는 힘없이 앞으로 고꾸라졌다. 유성이 엄마가 경찰의 팔을 붙들며 매운 목소리로 말했다.

"말을 못 하는 아이에게 어떻게 그럴 수가 있어요?"

그러자 경찰이 유성이 엄마를 밀어 버렸다. 순간 유성이가 용수철처럼 튀어 경찰에게 달려들었다.

"우리 엄마 밀지 마세요! 우리 아빠 어디 있는지 정말

모른다고요!"

이번엔 유성이가 나동그라졌다. 나는 경찰에게 달려가 두 팔을 휘두르며 짐승처럼 울부짖었다.

"워! 워!"

그러자 경찰이 나를 보따리 집어 던지듯 노몰밭*으로 밀어 버렸다. 경찰은 침을 퉤퉤 뱉으며 나갔다.

"에이, 재수 없는 빨갱이놈들!"

경찰 한 명이 텃밭에 큰 소리로 가래를 뱉더니, 나를 쏘아보며 한마디 했다.

"아버지와 형 집에 오면 바로 신고해라! 안 그러면 너희가 죽는다."

경찰이 가자, 지성이 형이 산디*를 담아 놓은 독에서 나왔다. 지성이 형은 나오자마자 혼잣말을 했다.

"북쪽에서 내려온 서북 청년단이 이곳 경찰들보다 더

* '채소밭'의 제주 방언.
* '산도'의 제주 방언. '밭에 심어 기르는 벼'라는 뜻이다.

지독하다더니……, 아이들을 짐짝 던지듯 하네…….."

유성이 엄마는 가슴을 쓸어내리며 말했다.

"지성아, 이제는 너도 아버지 따라서 큰넓궤에 들어가라. 경찰이 너를 찾으려고 눈이 벌겋다. 너도 네 친구 용철이처럼 고문받다 큰일 생기는 것보다 그게 낫지 않겠니?"

지성이 형이 고개를 숙이며 말했다.

"하지만 어머니와 동생을 두고 어떻게……. 아버지가 제게 부탁했어요."

유성이 엄마가 매운 목소리로 말했다.

"아니다! 집안일은 내가 알아서 할 거다. 아직 여자들은 잡아가지 않으니, 너는 오늘 저녁에 아버지가 계신 곳으로 가거라."

지성이 형은 마지못해 고개를 끄덕였다.

그때였다.

"땅, 땅, 땅!"

총소리가 들렸다. 마당에 앉아 있던 새들이 한꺼번에

하늘로 날아올랐다. 유성이는 귀를 두 손으로 막고 마루 밑으로 숨었다.

유성이 엄마는 얼른 지성이 형을 고팡으로 밀어 넣은 뒤, 바깥으로 조심스럽게 고개를 내밀었다.

"아이고, 이게 무슨 일이람."

바깥에는 남자 한 명이 바닥에 피를 흘리며 엎드려 있었다.

경찰의 소리가 들렸다.

"이 빨갱이 자식, 쌀을 들고 도망가? 무장대에게 주려고 했지? 이런 녀석들은 죽어도 싸!"

유성이 엄마는 얼른 내 손을 잡더니 말했다.

"얼른 고팡으로 숨어라! 빨리! 유성이와 함께! 빨리, 빨리."

바깥에서 일어난 소란은 한참이 지난 후 잠잠해졌다. 유성이 엄마가 고팡으로 살몃살몃 들어왔다. 지성이 형이 조심스럽게 물었다.

"무슨 일이에요?"

유성이 엄마의 머리카락이 마구 흩어져 내렸다. 유성이 엄마의 눈이 텅 빈 것처럼 휑해 보였다. 모든 희망이 사라져, 멍해진 눈빛이었다.

"아랫집 오씨 아저씨가 고팡에 숨어 있다 들켜서 도망가다 총에 맞은 모양이야……. 말을 돌보며 애면글면 열심히 살던 사람인데, 저런 사람을 빨갱이라고 하다니. 해방된 지 얼마 되지도 않았는데, 다시 일제 시대로 돌아가는 것 같구나."

아랫집에서 통곡하는 소리가 동네에 가득 찼다.

유성이 엄마가 몸을 추스르더니 말했다.

"아랫집에 가 볼게. 사람이 죄 없이 죽었는데 가서 문어 줘야지. 사람 사는 세상에 정이라는 것이 있는데. 너희는 꼼짝 말고 집에 있거라."

피처럼 붉은 저녁놀이 무동이왓을 물들이고 있었다.

나는 고팡에 앉아 서북 청년단 경찰이 말한 '고성칠'이라는 이름을 몇 번 되뇌었다. '고 성 자, 칠 자'는 우리 증조할아버지의 이름이었다. '고 유 자, 성 자'는 작년에 돌아가신 할아버지의 성함이고.

그럼 우연이 아니다.

4.3 평화 기념관의 다랑쉬굴 앞에서 증조할아버지를 불렀을 때, 나는 과거로 온 것이다. 할아버지와 증조할아버지를 만나러.

유성이가 내 어깨에 손을 얹더니 말했다.

"너, 아까 경찰에게 대들었을 때 호랑이보다 더 무서웠어. 경찰이 움찔하는 거 내가 봤다. 멋있었어. 나 커서 장가가면 너 같은 자식 낳고 싶다."

유성이는 그 말을 하면서 멋쩍은지 피식 웃었다.

나는 속으로 말했다.

'네, 할아버지. 감사해요. 할아버지는 이미 그런 자녀를 낳았어요.'

무등이왓이 온통 불바다

큰넓궤 앞이다.

유성이 아버지와 지성이 형이 먹을 볶은 콩과 산디, 지슬을 갖다주러 온 길이었다.

유성이 아버지의 얼굴은 해쓱해졌다. 전보다 몸무게가 많이 빠져서 입은 옷이 헐렁했다. 지성이 형은 동굴 입구에서 보초를 서고 있었다.

"토벌대에게 들키기 전에 빨리 가. 아참, 그리고 다음번에 올 때는 두꺼운 옷을 갖고 오렴. 동굴 안이 추워서."

그렇게 말하는 지성이 형도 야위어 보였다. 옆에 서 있던 건장한 형이 말했다.

"지성이는 우리 중에서 빗개 역할을 가장 잘하고 있단다. 걸음과 몸동작이 어찌나 빠른지, 토벌대가 보일라치면 얼른 달려와 알려 주는 일을 하지."

유성이가 어깨가 떡 벌어진 형에게 물었다.

"빗개가 뭐예요?"

"빗개가 감시원이지, 뭐냐? 네 형이 빗개로 최고야!"

그 말을 하면서 어깨가 넓은 형은 엄지를 척 들어 올렸다. 옆에서 유성이 아버지가 씨익 웃었다.

나는 큰넓궤 입구를 자세히 살펴보았다. 좁은 입구에

어떻게 사람들이 들어갈 수 있는지 궁금했다.

유성이 아버지가 쓸쓸한 눈빛으로 말했다.

"걱정 마라. 너희가 이곳에 들어오는 일은 없을 거다. 일이 잘 해결될 거야. 어머니에게는 잘 있다고, 걱정하지 말라고 전해 주렴."

유성이 아버지는 유성이의 얼굴을 몇 번이나 쓰다듬어 주었다. 내가 간절한 눈빛으로 유성이 아버지를 쳐다보자, 유성이 아버지도 내 머리를 쓰다듬으며 말했다.

"아무래도 넌 하늘이 보내 준 특별한 아이 같다. 앞으로 우리와 인연을 맺을 아이."

그 말을 하면서 유성이 아버지는 유성이 손과 내 손을 포개며 웅숭깊은 목소리로 말했다.

"유성아, 공유야, 잊지 마라. 너희가 이곳 제주에서 겪은 일을 기억해야 한다. 그리고 그 기억을 공유해야 한다. 제주의 역사를 공유해서 다시는 사람을 까닭 없이 죽이는 일이 없는 평화로운 세상을 만들어야 한다. 우리는 빨갱이가 아니고, 자신의 삶을 성실히 살았던 사람이라는 진실은 반드시 밝혀질 것이다."

나는 그 말에 움찔했다.

유성이 아버지 입에서 '기억', '공유', '평화'라는 세 단어가 나왔기 때문에. 가슴에서 뜨거운 것이 불뚝 올라와 목구멍까지 차올랐다.

이렇게까지 선명하게 이름의 뜻을 깨닫다니. 내가 궁금해하던 세 단어가 한꺼번에 모습을 드러낸 것이다.

이름의 뜻을 깨달으면 아빠를 다시 만날 수 있을지도 모른다고 생각했다. 이제 그 시간이 다가온 것 같았다. 아빠와 헤어졌던 '4.3 평화 기념관'으로 돌아갈 수 있을 거라는 희망이 생겼다.

내 얼굴에서 이제껏 보지 못했던 변화를 느꼈는지, 유성이가 내 손을 어루만지며 말했다.

"우리 아버지가 너는 특별한 아이라고 했는데, 나도 그렇게 생각해. 내가 커서 자식을 낳으면, 우리 아버지가 말한 '기억'이라는 이름을 주고 싶어. 우리가 겪은 일을 기억해야 하니까. 이 일이 역사에서 사라지면 안 되잖아. 우리를 빨갱이라고 부르는 사람들이 우리가 겪은 일들을 감출 수도 있고, 지워 버릴 수도 있잖아."

또다시 내 마음에 큰 울림이 일었다.

유성이는 그새 생각이 훌쩍 큰 것 같았다. 그동안 겪은 일들이 생각의 키를 성큼 키웠나 보다.

"내가 너무 나갔나? 5학년이 벌써 아들 낳을 생각을 하고. 킥킥, 웃긴다."

그 말을 하면서 유성이는 열없이 씨익 웃었다. 나도 피식 웃었다.

"산에 눈이 곧 올 것 같아. 빨리 가자."

유성이는 용수철처럼 앞으로 달려 나갔다. 날씨가 쌀쌀해져서 갈옷 안으로 찬바람이 할퀴고 지나갔다. 우리는 습관적으로 주변을 둘러보았다.

한 시간쯤 걸려 집에 도착하니, 땀이 나와 한기가 조금 나아졌다.

동네 사람들이 밖에서 웅성거리고 있었다.

"소개령이 내렸대요."

"송요찬 소령이 발표한 포고문에 '해안선에서 5킬로미터 이상 들어간 중산간 지대를 통행하는 사람은 폭도로 간주해 총살하겠다.'라고 쓰여 있대요."

"중산간 지대에 사는 우리 같은 주민들이 무장대에게

도움과 피난처를 제공하고 있다고, 모두 해안 지대로 내려가래요."

"아니, 이제까지 조상 대대로 살았던 집을 버리고, 왜 바닷가 마을로 가야 해요?"

"초토화 작전이래요. 미군이 대량 학살 계획을 채택했대요. 게릴라 부대에 도움을 줬다는 이유로 우리를 죽이겠다는 거죠."

대량 학살 계획이라는 말에 온몸에 한기가 돌았다. 몇몇 사람이 의심이 담긴 목소리로 말했다.

"설마요. 이제 가을 수확이 마무리되는데, 밭에 누렇게 익은 콩이며 조, 고구마를 어떻게 그냥 내버려두고 간대요? 우리 식구가 내년 1년 동안 먹을 것들인데. 그냥 하는 말이겠지요?"

유성이 엄마는 유성이와 나를 데리고 밭에서 미처 수확하지 못한 조와 콩과 고구마를 곳간에 정리해 두었다.

"네 형과 아버지에게 갖다줄 곡식이라 잘 쟁여 놓아야

한다. 못 한 것은 내일 하자꾸나. 너희가 있어 큰 힘이 된다."

유성이 엄마는 내 머리를 쓰다듬고 허리를 펴며 흐뭇하게 웃었다. 머리 위로 느껴지는 따스한 손길이 좋았다. 정겨운 냄새도 좋았다.

소개령이 내려진 후에 통행금지령이 생겨, 농작물을 수확하러 밭에 나가는 일조차 힘들어졌다.

통행금지는 밤 8시부터 새벽 5시까지였다.

"서둘러 곡식을 수확해야겠다."

유성이 엄마의 말에 우리는 고개를 끄덕였다.

"우리도 해안 마을로 이사 가야 하나요?"

유성이가 묻자, 유성이 엄마의 얼굴이 굳어졌다.

"설마, 우리를 내쫓기야 하겠니?"

하지만 유성이 엄마의 말은 거품처럼 사라지는 헛된 말이 되었다.

해가 뜰 무렵, 군인과 경찰들이 몰려와 밭과 집을 불태

우기 시작했다. 동네 끝자락 고샅에서부터 시작된 불이 활활 타올라, 온 동네로 기어 올라왔다.

사람들의 외침이 불에 타는 소리와 뒤섞여 마을은 아수라장이 되었다. 간간이 총소리까지 섞여, '지옥이 이렇겠구나.' 하는 생각이 들었다.

"빨리, 서두르자!"

손에 잡히는 대로 짐을 들고 서둘러 정낭*을 빠져나와, 숨을 만한 곳을 향해 무작정 달렸다. 다행히 토벌대의 눈을 피해 나무가 우거진 곳에 몸을 숨겼다.

유성이와 나는 사시나무 떨듯 떨고 있었다. 집이 불타면서 생긴 재와 불똥이 하늘로 솟구쳤다.

미처 피하지 못한 소와 돼지를 끌고 가는 군인들의 모습이 눈에 잡혔다. 가지 않으려고 몸을 뻗대면서 울부짖는 동물들의 울음소리가 하늘로 퍼져 나갔다. 군인들이 총을

---

*제주도에서 대문 대신 걸쳐 놓는 나무.

쏘아 대는 소리도 쉴 새 없이 들렸다.

유성이는 엄마 품에 얼굴을 박고 흐느껴 울었다.

"어머니, 어머니, 이건 아니잖아요. 우리 집은 어떡해요. 우리 돼지는요!"

내 눈에서도 굵은 눈물이 하염없이 흘러내렸다.

"그래, 그래. 너희들이 못 볼 것을 보는구나. 이런 일이 일어날 거라고 생각해 본 적 없는데……. 군인들과 경찰들 눈에 띄지 않게 빨리 여기를 뜨자."

유성이가 물었다.

"총소리가 났는데, 혹시 우리가 아는 사람이 죽었으면 어떡하죠?"

"모두 무사할 거야. 걱정 말고 얼른 가자꾸나."

유성이 엄마가 떨리는 목소리로 우리를 끌어안고 말했다.

다행히 우리 뒤를 쫓아오는 사람은 없었다. 군인과 경찰은 집을 태우는 데 여념이 없었고, 도망가는 사람들에게 총을 쏘는 일로 혈안이 되어 있었다.

"우선은 숨을 곳을 찾아야 한다. 이렇게 있다가는 우리 목숨도 위험할 것 같구나. 해가 지면 그때 큰넓궤로 가자꾸나."

유성이가 우리를 데리고 간 곳은 산등성이에 있는 작은 동굴이었다.

"지성이 형과 꿩 사냥 나왔을 때 이곳에서 잠깐씩 쉰 적이 있어요."

보리수나무와 청미래덩굴이 작은 동굴 앞을 덮어, 밖에서는 잘 볼 수 없는 아늑한 동굴이었다.

그러나 동굴 안까지 무등이왓 마을을 불태우는 소리와 냄새가 따라왔다.

매캐한 냄새. 저 냄새와 불 속에서 유성이 할아버지와 증조할아버지, 할머니의 땀과 수고가 배인 살림살이가 사라지고 있는 것이다.

나는 얼른 내 어깨를 만져 봤다. 정신없이 나오면서도 가방을 챙긴 모양이었다. 어깨에 작은 가방이 걸려 있는 것이 신통했다.

가방 안에 있는 작은 것들이 만져졌다. 오른손에 곡식 자루를 들고 온 것도 다행이었다. 유성이 어머니는 머리에 이불과 짐 보따리와 먹을 것을 챙겨 왔다. 유성이 손에도 짐이 있었다.

유성이와 나는 동굴 안에서 곯아떨어졌다.

하늘에 별이 돋을 때쯤 유성이 어머니와 함께 큰넓궤로 향했다. 큰넓궤 입구는 한 사람만 기어서 들어갈 수 있을 만큼 좁았다. 그곳에 지성이 형과 유성이 아버지가 나와서 우리를 기다리고 있었다.

"너희가 언제 오나 기다리고 있었다. 걱정했는데, 이렇게 와서 다행이구나."

유성이 아버지가 우리 머리를 쓰다듬으며 반겨 주었다.

유성이가 울먹이며 말했다.

"우리 집이 불탔어요. 경찰들이 돼지도 잡아가고, 미처 피하지 못한 마을 사람들을 모아 놓고 총 쏘는 소리도 들렸어요."

유성이 아버지가 말했다.

"그래, 지금은 어둠의 시간이구나. 그러나 끝이 있을 거야."

굴 안은 어두웠다. 사람들이 피운 호롱불이 어둠을 가까스로 밀어내고 있었다.

조금 걸어가다 보니 절벽이 나왔다. 나는 까마득한 절벽이 무서워서 뒷걸음질 쳤다.

어른들이 우리를 잡아 주어 아래로 내려가니 넓은 공간이 나왔다. 무등이왓에서 만났던 아이들과 이웃들이 우리를 반겨 주었다. 그곳에는 더벅머리 종도도 있었다. 종도는 유성이와 나를 보자마자 얼싸안고 소리를 질렀다.

큰넓궤에는 곧 아기를 낳을 아주머니도 있었다. 120명 정도의 이웃들이 공간을 나눠 쓸 만큼 넓은 곳이었다.

그날 밤, 나는 꿈에서 밤새 소리를 외쳤다.

"불이야! 불!"

꿈인지도 모르고, 내 목소리가 트였는지 알고 기뻐했다. 하지만 아침에 내 목에서는 목소리 대신 목젖이 벌겋게 부어 열이 펄펄 나고 있었다.

공포의 섬이 되다

내 머리에 찬 수건이 올려져 있었다. 유성이 엄마가 내 몸을 물수건으로 닦아 주었다.

"열이 떨어져야 하는데."

"공유가 불을 보고 많이 놀랐나 봐요."

유성이가 걱정스러운 눈빛으로 나를 바라보았다.

아빠가 보고 싶었다. 지금이라도 당장 이 추운 동굴을 벗어나, 아빠와 뜨끈뜨끈한 순두부를 먹고 싶었다. 그러면 아픈 것도 사라질 것 같았다.

그때, 번쩍 번개처럼 생각 한 자락이 지나갔다. 아빠에게 돌아갈 수 있는 방법이 떠올랐다. 평화 기념관의 다랑쉬굴 앞에서 '증조할아버지, 뵙고 싶어요!'를 외쳤던 기억이 났다. 그렇게 외친 순간, 내 몸은 이상한 힘에 이끌려 북국민학교로 오게 되었다.

왜 하필 지금 이 생각이 떠오른 걸까? 어쩌면 증조할아버지께서 아픈 나를 아빠에게 보내고 싶어서 그 말을 기억나게 한 것인지 모른다.

하지만 나는 머리를 흔들었다. 갈 수 있다고 해도 나만 빠져나가는 것은 유성이와 가족들을 배신하는 것 같았다.

"이것 좀 먹어 봐. 힘이 날 거야."

유성이 엄마가 끓여 준 좁쌀죽은 구수했다. 유성이도 입맛을 다셨다. 나는 눈물로 얼룩덜룩한 얼굴을 한 채 고개를 끄덕였다.

"너도 우리 식구니 아프면 안 된다. 여기서 살아남으려면 건강해야 한다."

지성이 형도 보초를 서는 당번이 끝나면 수시로 와서 내 이마를 짚어 보며 말했다.

"열이 떨어진 것 같네. 다행이다. 녀석, 불을 보고 엄청 놀랐나 보다. 아직 목소리가 돌아오지 않는 것을 보니 충격이 큰 모양이야."

지성이 형 말에 코끝이 찡해졌다. 큰 동굴 속에서 나를 정성껏 돌보는 사람들이 있다는 것이 큰 힘이 되었다.

한 달 정도만 피해 있으면 끝날 줄 알았던 피난 생활은 길게 이어졌다. 밖에서 가져온 지슬과 산디, 좁쌀이 바닥나 버렸다.

유성이 아버지는 토벌대들의 눈을 피해 밖에서 먹을 것을 구해 와 사람들에게 나눠 주기도 했다. 하지만 밖으로 나가는 일은 자칫하면 목숨을 잃을 수도 있는 일이었다.

며칠 전, 집 뒷마당에 숨겨 놓은 산디를 가지러 간 김씨 아저씨가 총에 맞아 목숨을 잃었다는 것을 어깨가 넓은 형이 알려 주었다.

그것을 알면서도 유성이 아버지는 종종 바깥에 나갔다 왔다. 머리와 어깨에 채 녹지 않은 눈이 떡가루처럼 얹혀 있었다. 유성이 아버지 손에는 무와 지슬 몇 개가 들려 있었다. 마실 물이 떨어지면 눈을 녹여서 마셨다. 먹을 것도 금세 떨어져 하루에 한 끼로 버텨야 했다.

유성이가 심상치 않아 보였다. 자꾸 설사를 했다. 지성이 형이 어디서 구해 왔는지, 좁쌀을 구해 와 좁쌀죽을 끓여 주었다. 유성이는 좁쌀죽을 제대로 먹지 못했다. 움푹 꺼진 눈이 자꾸 감겼다.

유성이가 잘못될까 겁이 났다. 유성이가 나에게 했던 것처럼, 유성이 이마를 몇 번이나 쓰다듬었다.

말을 하고 싶어도 말이 나오지 않았다. 이럴 때 말이 필요한데, 내 목소리는 돌아올 생각을 하지 않았다.

유성이 엄마가 신음 섞인 소리로 말했다.

"안 되겠다. 내가 밖에 나가 봐야겠다. 설사병을 고치는

약초가 고팡에 있는데, 가져와야겠다."

지성이 형이 어머니의 손을 잡고 놓지 않았다.

"안 돼요. 이미 우리 집은 불에 탔어요. 어제도 제가 몰래 갔다 왔어요. 온전한 집이 없어요. 토벌대에게 들키면 그 자리에서 죽어요."

유성이 엄마가 풀썩 자리에 주저앉았다. 그 모습을 보고 종도 엄마가 유성이 엄마에게 종이에 든 것을 건넸다.

"노란 설탕인데, 먹여 보세요. 아껴 둔 것인데."

유성이 엄마의 눈이 커다래졌다. 두 눈에 눈물이 가득했다.

다행스럽게 유성이는 설탕물을 먹고 정신이 들었다. 우리는 모두 가슴을 쓸어내렸다.

유성이 아버지가 몇몇 사람을 모아 놓고 이야기했다.

"11월 17일에 이승만 대통령이 제주에 계엄령을 선포했답니다. 이제부터 경찰과 군인이 이유 없이 국민을 죽일 수 있다는 뜻입니다. 즉, 서너 살 난 어린아이부터 팔십 대

노인까지, 남녀노소를 가리지 않고 즉시 처형한다는 겁니다."

몇몇 흥분한 사람이 소리쳤다.

"아니, 우리 제주 사람들이 뭘 잘못했다고 이러는 겁니까?"

"우리가 남한의 단독 정부를 인정하는 5월 10일 투표를 하지 않고 숨어 버린 것에 화가 난 것이지요!"

"그러면 남한과 북한이 영영 갈라져 전쟁이 일어날 수도 있는데, 남한 정부만 인정하는 투표를 할 수 있겠어요?"

유성이 아버지가 사람들의 화를 가라앉히며 묵직한 목소리로 말했다.

"이승만 대통령은 이번 단독 투표를 통해 대한민국이 국가로 인정받기를 원했습니다. 그런데 제주도만 단독 정부 수립에 반대하고 있으니, 그것을 두려워하는 것 같습니다. 그래서 계엄령을 선포한 것입니다."

"이러다 제주 사람들 다 죽으면 어떡하지요?"

"제주는 온통 붉은 섬이 되겠어요."

사람들은 당장 먹을 것도 입을 옷도 없었지만, 제주의 앞날을 걱정하고 있었다. 유성이와 나는 제대로 먹은 것이 없어 살이 자꾸 빠졌다.

눈이 그친 날은 바깥으로 나가는 것이 금지되었다. 눈 위에 발자국을 남기는 일은 토벌대를 부르는 일이기 때문이었다. 눈이 펄펄 쏟아지는 날에만 날쌘 형들이 먹을 것을 구하려 굴 안과 밖을 들락날락했다.

눈이 그친 어느 날, 바깥에 나갔던 키다리 형이 실수로 발자국을 남겼다.

큰넓궤에 군인들과 경찰들이 들이닥쳤다.

"야, 빨갱이 놈들아, 빨리 나와! 나오면 살려 준다."

사람들의 눈이 모두 유성이 아버지에게로 쏠렸다.

"항복하고 나갈까요?"

유성이 아버지는 한참 만에 입을 열었다.

"항복하고 나간다 해도 죽을 것이고, 끝까지 이곳에서 대항해도 잡혀서 죽을 것입니다. 여러분이 어떻게 할 것인지 선택하세요."

그동안 토벌군이 제주 사람들에게 한 행동을 본 사람들은 고개를 절레절레 흔들며 말했다.

"이왕 이렇게 된 거, 끝까지 맞서 보자고요."

"해봅시다!"

어른들은 이불과 옷가지와 청미래덩굴을 굴 입구에 쌓아 놓고 불을 질렀다. 매캐한 연기 때문에 사람들이 연신 기침을 해 댔다. 우리는 불에 탈 만한 것들은 모두 모아 어른들에게 건네주었다.

동굴 안에서 바깥을 향해 연기를 날리자, 토벌대가 좁은 굴 입구에 들어올 생각을 못 했다. 토벌대의 기침 소리가 따갑게 들려왔다.

시간이 지나자 토벌대의 기침 소리가 잦아들었다. 밤이

내렸다.

사람들이 웅성거렸다.

"우리의 은신처가 발각되었으니 한라산으로 거처를 옮기는 것이 낫겠어요."

"네, 날이 밝으면 이곳으로 토벌대가 쳐들어올 테니."

우리도 유성이 아버지를 따라서 큰넓궤를 빠져나왔다.

매운 눈보라가 우리의 앞길을 막았다. 자꾸 발이 눈 속으로 빠졌다. 깊은 어둠 속에서 우리의 몸과 마음도 눈 속으로 빠져드는 것 같았다. 우리는 토벌대가 따라올 수 없는 한라산의 높은 곳을 향해 밤새 몸을 움직였다. 검은 눈빛의 노루가 우리를 조용히 지켜보고 있었다.

정방 폭포

"탕, 탕, 탕!"

총소리에 우리 일행은 걸음을 멈추었다. 정신을 차리니 토벌대가 우리를 에워싸고 있었다.

여기저기서 한숨 소리가 새어 나왔다. 유성이 바지는 오줌으로 얼룩덜룩해졌다.

군인들은 우리에게 총을 겨누고 학교 건물로 데려갔다. 토벌대가 의기양양한 목소리로 말했다.

"이런 빨갱이들! 드디어 잡혔군!"

학교 건물에는 이미 잡혀 온 남자들이 머리 위로 손을 들고 엉거주춤한 자세로 앉아 있었다.

유성이 아버지와 지성이 형도 그쪽으로 끌려갔다.

유성이 엄마와 유성이가 따라가려고 하자, 유성이 아버지의 엄한 목소리가 들렸다.

"아니다. 넌 이쪽으로 오지 마라! 내가 했던 말을 기억하거라."

유성이가 울먹거리며 말했다.

"아버지, 안 돼요!"

군인이 유성이 아버지의 머리를 총의 개머리판으로 내리쳤다. 유성이는 손으로 입을 막으며 소리를 삼켰다.

한쪽에서 경찰과 군인들이 사람들을 향해 소리쳤다.

"경찰 가족들과 군인 가족들은 이쪽으로 오세요!"

사람들이 소리가 난 쪽으로 우르르 달려갔다.

"아버지가 군인입니다!"

"친척이 경찰인데요."

사람들의 아우성이 학교 운동장에 바람처럼 굴러다녔다. 소리 내 외치지 않으면 그 자리에서 총에 맞아 죽을 것 같은 불안에 몸이 떨렸다.

마을 이장 아저씨와 몇몇 사람이 군인과 경찰의 가족이 아닌 사람을 경계 밖으로 내보내고 있었다.

마치 천국과 지옥을 오가는 느낌이었다.

경찰과 군인 가족이 아닌 구역 쪽으로 쫓겨나는 사람들의 울부짖는 소리가 가슴을 후벼 팠다.

유성이가 바들바들 떨며 말했다.

"어머니, 우리는 아버지가 선생님이라 빨갱이라고 할 텐데, 어떡하지요? 우리 죽는 거예요?"

유성이 엄마가 말했다.

"하늘에 맡기자꾸나. 네 아버지 탓하지 말자. 선생님으로 열심히 산 분이다. 배워야 산다고 야학에서 선생님까지 하신 분이니, 자랑스러운 분이다."

군인들이 우리 쪽으로 총을 들고 다가왔다.

"군인 가족이 아니면 저쪽으로 가!"

웅성거리는 사람들 속에서 떨리는 목소리가 들렸다.

"군인과 경찰 가족이 아닌 사람들은 정방 폭포에 끌고 가서 죽인대요."

나는 정신이 아뜩해졌다.

이건 아니다.

경찰이 총부리로 우리를 쿡쿡 찔렀다.

유성이의 눈동자는 초점 없이 흐리멍덩해 보였다. 유성이 엄마의 헝클어진 머리카락에도 절망이 절절히 맺혀 있는 것 같았다. 체념의 모습이었다.

그때였다.

종도가 유성이를 향해 외쳤다.

"유성아! 이리 와! 우리 삼촌이 경찰이야!"

종도는 유성이와 유성이 엄마, 나를 이끌고 경찰 가족이 있는 곳으로 데려갔다.

우리는 어정쩡한 걸음으로 종도를 따라갔다.

경찰이 우리 사이에 끼어들었다.

"경찰과 군인 가족이 아닌 사람은 끼어들지 마!"

순간 내 머리를 스치는 생각이 있었다. 경찰이 우리를 끌고 가자, 나는 자리에 우뚝 서서 외쳤다.

"우리 경찰 가족이에요!"

천둥 같은 내 목소리에 나도 얼떨떨했다.

경찰이 나를 보고 성질을 바락바락 냈다.

"이놈이 무슨 헛소리야?"

나는 내 보조 가방에서 얼른 사진을 꺼냈다.

"이것 보세요! 우리 할아버지는 경찰 총경이라고요."

"할아버지 성함이 뭐야?"

나는 자신 있는 목소리로 말했다.

"고 유 자, 성 자입니다!"

쩌렁쩌렁한 내 목소리에 사람들이 흠칫 놀랐다. 그동안 가슴 속에 꼭꼭 숨어 있던 목소리가 폭포처럼 터져 나왔다.

유성이와 유성이 엄마는 입만 커다랗게 벌리고 나를 쳐다보았다. 사진 속 할아버지의 계급장에는 중앙에 태극장을 배치한 무궁화 4개가 자랑스럽게 달려 있었다.

"사진 색깔이 조금 이상한데."

고개를 갸웃거리던 경찰이 유성이를 향해 물었다.

"네 아버지 이름이 뭐야?"

순간 유성이 얼굴이 새파랗게 질렸다.

유성이 입이 얼어붙은 것 같았다. 내가 대신 이름을 말하려는 순간, 유성이의 입에서 피를 토하는 듯한 목소리가 터졌다.

"우리 아버지 성함은 자랑스러운 고 성 자, 칠 자입니다!"

그러자 옆에서 가만히 지켜보고 있던 경찰서장이 사진을 향해 경례를 한 후, 유성이와 나를 보고 말했다.

"너희 할아버지는 아주 훌륭하신 분이구나! 그리고 네 아버지 고성칠과 나는 잘 아는 사이다. 암, 네 말대로 자랑스러운 분이지."

경찰서장이 부하 경찰을 향해 큰 소리로 외쳤다.

"보내 드려!"

우리는 가슴을 쓸어내리며 사람들 틈을 빠져나왔다. 유성이는 조금 전 일어난 일을 믿을 수 없다는 듯 뒤를 돌아보았다. 그러더니 걸음을 우뚝 멈추고 경찰서장을 향해 경례를 했다.

순간 유성이 아버지와 지성이 형이 끌려가던 모습이 떠올랐다.

"유성아! 빨리 아버지와 형을 찾아야 해! 빨리! 아버지가 정방 폭포로 끌려가면 안 돼!"

하지만 유성이 아버지와 지성이 형은 이미 정방 폭포로 떠난 뒤였다.

"고성칠 아버지와 고지성 형은 경찰 가족입니다!"

"고성칠 아버지를 풀어 주세요!"

우리가 소리치며 애원해도 유성이 아버지와 지성이 형을 찾을 수가 없었다. 경찰들과 군인들은 우리가 가는 길을 막고 있었다.

잠시 후, 정방 폭포에서 따가운 총소리가 들렸다.

우리는 바닥에 주저앉고 말았다.

나는 땅바닥에 주저앉아 가슴을 주먹으로 탕탕 치며 외쳤다.

"증조할아버지, 뵙고 싶어요!"

누군가 내 어깨를 조심스럽게 만지는 것이 느껴졌다.

아빠였다.

"공유야, 화장실 갔다 아는 분을 만나 잠깐 이야기를 나누고 왔어. 오래 기다렸지. 괜찮니?"

아빠는 내 이마를 만지며 혼잣말을 했다.

"이마에 미열이 있는데……."

나는 주변을 두리번두리번 살펴보았다.

아빠와 함께 있었던 4.3 평화 공원 기념관이었다.

"아, 아빠! 할아버지와 증조할아버지를 만나고 왔어요!"

아빠는 내 눈을 뜻있게 들여다보며 물었다.

"그렇구나! 특별한 시간이었겠구나."

나는 내 어깨에 있는 가방을 찾았다.

"이것 보세요! 증조할아버지가 정방 폭포에서 주신 거예요."

가방 속에는 동글동글한 몽돌이 동그마니 앉아 있었다. 거기에는 '공유'라는 내 이름이 쓰여 있었다.

아빠는 싱긋이 웃었다.

유성이 가족과 함께 정방 폭포에 간 적이 있었다.

유성이 아버지는 반들반들한 몽돌을 주워 나에게 건네며 말했다.

"어려움을 이겨 낸 자만이 가질 수 있는 모양이다. 정방 폭포의 따가운 물줄기 속에서 조약돌은 반들반들하게 단련된 거지. 이런 모양을 가질 수 있는 것은 인내 덕분이야. 제주 사람들에게 비극이 닥치고 있지만, 이 돌처럼 이겨 낼 수 있을 거라 믿는단다. 우리가 겪은 일을 기억해야 한다. 그리고 사람들과 그 기억을 공유해야 해. 언젠가 화해의 시간이 올 거야. 그땐 그 사람들을 끌어안는 거지. 그래야 평화가 올 수 있어."

이제 나는 아빠의 이름인 '기억', 동생의 이름인 '평화', 그리고 내 이름 '공유'의 뜻을 확실하게 알고 있다.

나는 궁금한 것이 있어 아빠에게 물었다.

"그런데 할아버지는 왜 경찰이 되셨어요?"

아빠는 기억을 불러오는지 잠깐 생각에 잠겼다.

"네 할아버지는 그 당시 문형순 경찰서장 덕분에 목숨을 구할 수 있었대. 그분이 아니었으면 빨갱이 가족이라는 죄명으로 죽을 뻔했대. 할아버지는 그분에게 은혜를 입었다고 생각했어. 그분처럼 사람을 사랑하는 경찰이 되겠다고 다짐한 후, 경찰의 길을 걷게 되었단다."

아, 나는 고개를 크게 끄덕였다.

아빠가 잊은 것이 생각난 듯 말했다.

"네 할아버지가 이런 말을 했어. 육지에서 온 자기 또래 아이가 있었는데, 자기 할아버지가 경찰서장이라고 외쳤다고."

나는 얼른 그 아이가 나라고 말하려다 그만두었다. 비밀 한 개 정도는 간직해 두는 것도 괜찮을 것 같아서.

아빠가 피식 웃으며 내 머리를 쓰다듬었다.

"역사 여행을 하고 왔구나! 잘했어, 우리 아들!"

"아빠, 이곳을 떠나기 전에 잠깐 확인할 것이 있어요."

나는 평화 공원에 있는 각명비를 향해 달렸다.

눈을 크게 열고 '고지성'이라는 이름을 찾았다.

할아버지 이름 옆에 자리 잡은 '고지성'이라는 이름이 햇빛에 반사되어 빛나고 있었다. 더 이상 흘러내릴 눈물이 없을 거라 생각했는데, 뺨으로 눈물이 조르르 내려왔다.

아빠가 내 어깨를 조용히 감싸 주었다.

우리가 탄 택시는 평화 공원을 빠져나와 중산간 도로를 미끄러지듯 고즈넉하게 달려갔다. 4.3의 기억이 조용히 되살아나고 있었다.

| 작가의 말 |

제주가 다시 보인다

　제주도는 아름답습니다. 비행기를 타고 제주도에 도착하기 전, 하늘에서 본 제주도는 다른 세계의 풍경을 보는 것처럼 나를 설레게 합니다. 한라산, 성산 일출봉과 중산간 도로를 달릴 때도 그 설렘은 이어집니다.

　여러 번 방문한 제주도는 항상 초록빛으로 푸르렀고, 노란 유채꽃은 금방이라도 날아오를 듯한 나비의 날개 같았습니다.

　2023년 겨울, 제주 4.3 평화 기념관을 방문한 후, 제주도에 대한 제 생각이 송두리째 바뀌었습니다. 걱정이라고는 하나도 없이 평화롭게 보였던 제주의 아픈 역사의 속내를 제대

로 알게 된 것입니다.

　1947년부터 시작된 제주도민 토벌 작전으로 약 3만 명 이상의 제주도민이 억울한 죽음을 맞았습니다. 보통 사람들로 살다가 다랑쉬굴이나 빌레못굴, 한라산으로 쫓겨나 참혹하게 죽은 그들을 생각하며, 가슴이 죄어 오는 통증을 손으로 누르며 울었습니다. 그동안 제주도의 역사를 너무 모르고 살았다는 부끄러움에 울기도 했습니다.

　그 후 남편의 권유로 제주도의 4.3 사건을 쓰기로 마음먹었습니다. 쉬운 일은 아니었습니다. 자료를 모으고, 현장을 답사하고, 제주도민들이 겪었을 아픔을 함께 공유하는 일이 남아 있었기 때문입니다.

이 책을 쓰면서 공유와 유성이, 지성이, 기억이라는 이름을 가진 아버지, 고성칠 할아버지가 되어서 그들과 함께 가슴 저릿한 시간을 보냈습니다. 이 책을 쓰고 몇 달 동안 아팠습니다.

이 책에 등장하는 인물들은 대부분 만들어 냈지만, 실제 인물들도 등장합니다. 공유와 유성이가 살았던 무등이왓은 토벌대에 의해 지금은 사라진 마을이 되어, 팽나무와 집터 등의 흔적만 고즈넉이 있습니다.

제주 4.3 사건에 관련된 책들은 이미 나와 있지만 그래도 동화로든, 그림책으로든 제주의 아픈 역사를 계속 알려야 한다는 책임감으로 글을 썼습니다. 많은 사람들에게 알리고, 기억하고, 공유해서 마침내 평화의 시간으로 가야 한다는 생각도 담았습니다.

우리 어린 친구들이 이 책을 통해 제주도를 다시 볼 수 있는 기회를 가졌으면 좋겠습니다. 제주도에 부는 바람과 한라산의 모습, 정방 폭포와 그곳에서 아픔을 딛고 살아가는 제

주 사람들이 새롭게 보일 것입니다. 그제야 비로소 제주의 진정한 아름다움을 볼 수 있을 것입니다.

　제주도는 여전히 아름답습니다. 그러나 제주도가 아름다운 것은 4.3 사건의 처절한 고통을 안고 제주도에 뿌리를 내리고 살아가는 사람들이 있기 때문입니다.

　이 책을 쓸 수 있도록 응원해 준 남편과 제주 사투리를 정리해 준 정세주 목사님, 많은 자료를 챙겨 주신 제주 4.3 평화 재단의 강윤희 학예사님에게 감사의 마음을 전합니다. 그리고 제주 4.3 이야기를 쓰겠다고 했더니 원고도 보지 않고 출간을 결정한 현암사 사장님과 편집장님, 책으로 만들기까지 수고한 박단비 씨와 흔쾌히 그림을 그려 준 박지연 작가님께 감사의 인사를 드립니다.

　　　　　　　　　　　소실산의 바람과 별이 드나드는 서재에서,

　　　　　　　　　　　　　　　　　　　조성자

| 참고문헌 |

『4.3이 머우꽈』 제주4.3평화재단, 2023

『4.3역사 기록사진집 1,2,3』 도서출판 각, 2018

『기억을 벼리다』 제주특별자치도, 2018

『믿을 수 없는 이야기, 제주 4.3은 왜?』 신여랑 외 글, 김종민 외 그림, 사계절, 2015

『빗창』 김홍모 지음, 민주화운동기념사업회 기획, 창비, 2020

『우리 웡이 자랑소리』 한국학 디지털 아카이브, 조영배 조사·정리

『처음 배우는 제주 4.3사건과 평화』 박세영 지음, 북멘토, 2022

『청소년을 위한 제주 4.3』 고진숙 글, 이해정 그림, 한겨레출판, 2020

『한라산의 눈물』 이규희 글, 윤문영 그림, 내인생의책, 2015

『화해와 상생 : 제주 4.3위원회 백서』 제주 4.3사건진상규명 및 희생자명예회복위원회, 2008